rororo

Der kleine Vampir bei rotfuchs

Der kleine Vampir. Bd. 1 (20216)
Der kleine Vampir. Schmuckband. Bd. 1 (21628)
Der kleine Vampir zieht um. Bd. 2 (20245)
Der kleine Vampir verreist. Bd. 3 (20297)
Der kleine Vampir auf dem Bauernhof. Bd. 4 (20325)
Der kleine Vampir und die große Liebe. Bd. 5 (20389)
Der kleine Vampir in Gefahr. Bd. 6 (20401)
Der kleine Vampir im Jammertal. Bd. 7 (20435)
Der kleine Vampir liest vor. Bd. 8 (20445)
Der kleine Vampir und der unheimliche Patient. Bd. 9 (21133)
Der kleine Vampir in der Höhle des Löwen. Bd. 10 (21134)
Der kleine Vampir und der Lichtapparat. Bd. 11 (21135)
Der kleine Vampir und der rätselhafte Sarg. Bd. 12 (21136)
Der kleine Vampir und die große Verschwörung. Bd. 13 (21137)
Der kleine Vampir und die Klassenfahrt. Bd. 14 (21138)
Der kleine Vampir feiert Weihnachten. Bd. 15 (21139)
Der kleine Vampir und Graf Dracula. Bd. 16 (21140)
Der kleine Vampir und die Tanzstunde. Bd. 17 (21141)
Der kleine Vampir hat Geburtstag. Bd. 18 (21171)
Der kleine Vampir und die Gruselnacht. Bd. 19 (21360)
Der kleine Vampir und die Letzte Verwandlung. Bd. 20 (21459)

Angela Sommer-Bodenburg

Der kleine Vampir

und die Letzte Verwandlung

Bilder von Amelie Glienke

Rowohlt Taschenbuch Verlag

3. Auflage Januar 2015
Originalausgabe
Veröffentlicht im Rowohlt Taschenbuch Verlag,
Reinbek bei Hamburg, Mai 2008

Lektorat Silke Kramer & Marie-Ann Geißler
Umschlag- und Innenillustrationen Amelie Glienke
Umschlaggestaltung any.way, Barbara Hanke
Satz Adobe Garamond PostScript (InDesign)
bei KCS GmbH, Buchholz bei Hamburg
Druck und Bindung
CPI books GmbH, Leck, Germany
ISBN 978 3 499 21459 2

Dieses Buch ist für alle,
die davon träumen,
Vampir zu werden –
und für Burghardt Bodenburg,
der trotz seiner Verwandlung
immer noch mein Freund ist.

Angela Sommer-Bodenburg

Die Personen dieses Buches

Anton liest gern aufregende, schaurige Geschichten. Besonders liebt er Geschichten über Vampire, mit deren Lebensgewohnheiten er sich auskennt.

Antons Eltern glauben nicht recht an Vampire.

Antons Vater arbeitet im Büro, *seine Mutter* ist Lehrerin.

Rüdiger, der kleine Vampir, ist seit mindestens 150 Jahren Vampir. Dass er so klein ist, hat einen einfachen Grund: Er ist bereits als Kind Vampir geworden. Seine Freundschaft mit Anton begann, als Anton wieder einmal allein zu Hause war. Da saß der kleine Vampir plötzlich auf der Fensterbank. Anton zitterte vor Angst, aber der kleine Vampir versicherte ihm, er habe schon «gegessen». Eigentlich hatte sich Anton Vampire viel schrecklicher vorgestellt, und nachdem ihm Rüdiger seine Vorliebe für Vampirgeschichten und seine Furcht vor der Dunkelheit gestanden hatte, fand er ihn richtig sympathisch. Von nun an wurde Antons ziemlich eintöniges Leben sehr aufregend: Der kleine Vampir brachte auch für ihn einen Umhang mit, und gemeinsam flogen sie zum Friedhof und zur Gruft Schlotterstein. Bald lernte Anton weitere Mitglieder der Vampirfamilie kennen:

Anna ist Rüdigers Schwester – seine «kleine» Schwester, wie er gern betont. Dabei ist Anna fast so stark wie Rüdiger, nur mutiger und unerschrockener als er. Auch Anna liest gern Gruselgeschichten.

Lumpi der Starke, Rüdigers großer Bruder, ist ein sehr reizbarer Vampir. Seine mal hoch, mal tief krächzende Stimme zeigt, dass er sich in den Entwicklungsjahren befindet. Schlimm ist nur, dass er aus diesem schwierigen Zustand nie herauskommen wird, weil er in der Pubertät Vampir geworden ist.

Friedhofswärter Geiermeier macht Jagd auf Vampire.

Schnuppermaul kommt aus Stuttgart und ist Friedhofsgärtner.

Du mit deinen Vampiren!

«Na, wie findest du unseren Abend zu zweit, unseren –», Antons Vater machte eine Pause, «unseren … Männerabend?»

«Nett», meinte Anton.

«Nett?», wiederholte sein Vater. «Mehr nicht?» Leicht gekränkt zog er die Augenbrauen in die Höhe.

Schließlich hatte er sich ja auch große Mühe gegeben, aus dem Abend einen Erfolg zu machen. Er war extra früh von der Arbeit nach Hause gekommen, er hatte aus Antons Lieblingspizzeria die Holzfällerpizza mitgebracht, und er hatte Anton so viel Schokoladeneis essen lassen, wie er wollte. Ja, und nach dem Essen hatten sie Schach gespielt und Fernsehen geguckt.

Anton musste grinsen. Anna von Schlotterstein hasste es, wenn er Dinge, die ihr wichtig waren, nur «nett» fand. Am meisten hasste sie es jedoch, wenn er sagte, sie wäre nett.

«Es gefällt mir, so ohne Mutti», sagte Anton. Es war Montagabend, und am Morgen war seine Mutter mit ihrer Klasse, einem vierten Schuljahr, zu einer Klassenfahrt aufgebrochen. Sie würde erst am Samstagnachmittag zurückkommen.

«Aber ich hätte lieber einen Vampirfilm gesehen», fügte er hinzu.

Antons Vater hatte zwar gefragt, was *er* gern sehen wollte. Aber dann hatte er einen Bericht über «Monster-Tsunamis» entdeckt und den ohne weitere Diskussion eingeschaltet.

Zuerst hatte Anton den Bericht auch recht spannend gefunden. Doch nach kurzer Zeit hatten ihn die ständigen Werbespots schläfrig gemacht, und schließlich war er eingenickt.

«Du hättest lieber einen Vampirfilm gesehen?» Sein Vater studierte die Programmzeitung. «Pech für dich, heute zeigen sie keinen.»

«Wir hätten ja eins von meinen Videos einlegen können.»

«Hast du die nicht schon hundertmal gesehen?»

«Und selbst wenn ... Die kann ich tausendmal sehen.»

«Du mit deinen Vampiren!», lachte Antons Vater.

Dann fragte er mit einem verschwörerischen Augenzwinkern: «Glaubst du, sie schauen mal vorbei in dieser Woche?»

«Wer?»

«Na, deine Freunde – die, die das ganze Jahr hindurch Fasching feiern. Wenn Mutti nicht zu Hause ist, können wir die beiden doch mal einladen.» Antons Vater glaubte immer noch, dass Rüdiger von Schlotterstein, der kleine Vampir, und seine Schwester Anna zwei ganz normale, harmlose Kinder waren, die nur eine etwas ausgefallene Vorliebe für gruftiges Aussehen und schwarze Klamotten hatten. «Ich weiß, Mutti ist nicht so begeistert von Anna und Rüdiger. Aber ich finde die beiden irgendwie –» er suchte nach dem passenden Ausdruck, «ja, spaßig!»

Anton verkniff sich eine spitze Entgegnung. Der kleine Vampir und seine Schwester waren alles andere als «spaßig»!

«Ich kann sie ja mal fragen, ob sie vorbeikommen wollen», sagte er. «Falls ich sie sehe.»

Dabei seufzte er. Gesehen hatte er Anna und Rüdiger schon eine kleine Ewigkeit nicht mehr. Das letzte Treffen war vor mehr als sechs Wochen gewesen, an einem Freitag. Da hatte der kleine Vampir kurz nach Mitternacht an sein Fenster geklopft. Er war sehr in Eile gewesen und hatte gesagt, er brauche unbedingt den Umhang von Onkel Theodor.

Anton hatte den Umhang aus seinem Schrank geholt, wo er ihn vor den neugierigen Blicken seiner Eltern versteckt hielt. Früher hatte der Umhang Onkel Theodor gehört, jenem Vampir, der durch einen Holzpflock von Friedhofswärter Geiermeier ums – ähm – Leben gekommen war. Wie alle Vampirumhänge bestand er aus uraltem transsylvanischen Spezialstoff, und man konnte mit ihm fliegen.

Viele Male hatte Anton schon Onkel Theodors löchrigen und nach Moder riechenden Umhang getragen; entweder auf nächtlichen Ausflügen mit seinen Vampirfreunden oder allein, wenn es einen dringenden Grund gab, die Vampire auf dem Friedhof zu treffen.

«Und wofür brauchst du den Umhang?», hatte Anton gefragt.

«Familienangelegenheiten», hatte der kleine Vampir bloß geantwortet. Er hatte Onkel Theodors Umhang unter seinem eigenen verschwinden lassen und war mit einem «Mach's gut, Anton!» davongesegelt.

Seitdem hatte Anton nichts von ihm gehört. Und auch Anna hatte ihn nicht besucht.

«Du hast es mit Mutti nicht immer leicht, hab ich recht?», sagte Antons Vater jetzt.

Anton warf ihm einen überraschten Blick zu. «Sagst du das wegen Rüdiger und Anna?»

Sein Vater räusperte sich. «Mutti ist manchmal vielleicht etwas zu ... wie soll ich sagen? ... überbesorgt.»

«Überbesorgt?»

«Ja. Sie macht sich über vieles Sorgen. Ich natürlich auch. Aber Mutti macht sich deutlich mehr Sorgen als ich.»

Anton grinste. «Ich schätze, sie hat Angst, dass ich von Anna oder Rüdiger gebissen werde.»

«Nein!» Sein Vater lachte – etwas zu laut, wie Anton fand. «Sie macht sich Sorgen, dass du die Schule vernachlässigst und dass du dein Privatleben und deine Freunde zu sehr in den Mittelpunkt stellst. – Und außerdem fürchtet sie, dass du eine Schwäche für eine bestimmte Sorte von Mädchen entwickeln könntest.»

Anton runzelte die Stirn. «Eine bestimmte Sorte von Mädchen?»

«Ja. Wilde Mädchen, die sich an keine Konventionen und Regeln halten. Die immer tun und lassen, was *sie* wollen. Und die offenbar auch keine Eltern haben, die sich um ihre Erziehung kümmern.»

«Keine schlechte Beschreibung von Anna!», dachte Anton.

Laut sagte er: «Soll das etwa der Sinn unseres Männerabends sein: dass du mir mal gründlich den Kopf zurechtrückst?»

«Nein», versicherte sein Vater hastig. «Denk das bitte nicht, Anton. Ich will dir ganz bestimmt nicht den Kopf zurechtrücken. Dabei käme ja auch nichts heraus, oder?»

«Allerdings!»

«Ich möchte mir einfach einen gemütlichen Abend mit dir machen, wir zwei Männer zusammen.» Antons Vater schenkte sich noch etwas von dem Jasmintee ein. Seit neuestem war Jasmintee Antons Lieblingstee; es musste allerdings der mit den echten Jasminblüten sein.

«Wollen wir noch etwas spielen?», fragte sein Vater, nachdem er seinen Tee getrunken hatte.

Anton schaute auf die Uhr. Es war kurz nach zehn. Wenn seine Mutter zu Hause gewesen wäre, hätte sie ihn mit Sicherheit schon vor einer Stunde ins Bett geschickt. «Und was?»

«Mensch-ärgere-dich-nicht.»

Anton schüttelte den Kopf. «Zu zweit macht das keinen Spaß. Außerdem werde ich langsam müde.»

Er stand auf.

«Träum was Schönes», sagte sein Vater. «Und überleg dir mal, was wir morgen Abend anstellen wollen – an unserem zweiten Männerabend!»

«Ja.» Anton gähnte.

In seinem Zimmer öffnete er das Fenster und blickte in die Nacht hinaus.

Aber keiner der Vampire zeigte sich. Enttäuscht schloss er das Fenster wieder und ging ins Bett.

Ein prima Kumpel

Anton hatte schon eine Weile geschlafen, als jemand laut und fordernd gegen sein Fenster klopfte. Sofort war er hellwach. Jetzt klopfte es wieder – und sogar noch lauter. Anton sträubten sich die Haare. Niemals würden Rüdiger oder Anna derartigen Lärm machen! Erstens waren sie immer sehr vorsichtig, und zweitens passte es nicht zu ihnen. Konnte es Tante Dorothee sein, die stets hungrige Tante der beiden?

Auf Zehenspitzen schlich Anton zum Fenster und spähte durch einen schmalen Spalt zwischen den Vorhängen. Beinahe hätte er aufgeschrien: Ein totenbleiches Gesicht mit einem riesigen, weitaufgesperrten Mund, aus dem zwei grässlich lange, nadelspitze Vampirzähne ragten, presste sich direkt gegen die Scheibe. Es war ein Anblick, den Anton seinem schlimmsten Feind nicht gewünscht hätte.

«Lumpi ...», stammelte er.

Lumpi war der große Bruder von Rüdiger und Anna. Er litt unter furchtbaren Stimmungsschwankungen und war jähzornig und unberechenbar.

«Lass mich endlich rein!», rief Lumpi mit seiner mal hoch, mal tief kieksenden Stimme. Er war in der Pubertät Vampir geworden und würde für alle Ewigkeit in dieser schwierigen Entwicklungsphase stecken bleiben.

«Ich beeil mich ja», murmelte Anton. Was blieb ihm auch anderes übrig? Wenn er Lumpis Befehl nicht befolgte, schlug der vermutlich die Scheibe ein.

Anton öffnete das Fenster, und Lumpi sprang ins Zimmer. Der Mond war fast voll, und in seinem Licht sah Anton mit einer gewissen Erleichterung, dass Lumpis Lippen dunkelrot waren. Demnach hatte der Vampir bereits ... gegessen.

«Einen wunderschönen guten Abend!», krächzte Lumpi und reckte sich zu seiner vollen Größe. Dann deutete er mit einem Kopfnicken auf Antons zerwühltes Bett. «Hast du etwa schon geschlafen?»

«Ja.»

«Du gehst aber früh in die Falle!»

Bei dem Wort «Falle» zuckte Anton zusammen. Dann erst begriff er, dass es nur ein anderer Ausdruck für «Bett» war.

«Ich hab morgen Schule», sagte er.

Lumpi verzog die Mundwinkel. «Du bist ein richtiger Musterschüler, was?»

«Meine Mutter sagt, ich kümmere mich viel zu wenig um die Schule», erwiderte Anton.

«Ts, ts, sollte auch nur ein kleiner Scherz sein.» Lumpi bohrte seinen Zeigefinger mit dem spitz zugefeilten Nagel in Antons Brust. «Ich weiß doch, was ich von dir zu halten habe, Anton Bohnsack!»

«So?», sagte Anton betont gleichmütig. Wenn er sich seine Angst anmerken ließ, würde er Lumpi nur umso mehr reizen.

«Und ob! Ich weiß, dass du ein prima Kumpel bist», verkündete Lumpi großspurig. «Wenn mal Not am Mann, äh, Vampir ist – auf dich, Anton Bohnsack, kann unsereiner sich immer verlassen!»

Zweifellos war das als Kompliment gemeint. Anton entspannte sich ein wenig.

Er machte einen Schritt zurück, um Lumpis Grabesatem und seinen Moderausdünstungen zu entkommen.

«Stimmt», sagte er. «Ich tue für euch, was ich kann.»

«Na, wunderbar!», rief Lumpi aus. «Dann sind wir uns ja einig.»

«Einig?»

«Ja! Einig, dass du die Friedenstaube spielen wirst. Oder den Friedensengel, wenn dir das besser gefällt. Oder willst du lieber die Friedensfledermaus spielen?»

«Ich versteh kein Wort», sagte Anton.

«Du hast mal wieder eins von deinen Bohnsack'schen Brettern vorm Kopf, wie?» Lumpi raufte sich die Haare. «Also:

Morgen gleich nach der Schule wirst du zu Schnuppermaul gehen und mit ihm Frieden schließen!»

«Aber ich hab überhaupt keinen Streit mit ihm.»

«Ebendeshalb. Weil ihr beide, du und er, *keinen* Streit habt, kannst du mit ihm reden und all die hässlichen Missverständnisse aus der Welt schaffen.»

«Missverständnisse?» Allmählich dämmerte es Anton, worum es Lumpi ging. «Meinst du das, was in der Gruselnacht passiert ist?»

Während der Gruselnacht hatte Lumpi versucht, Schnuppermaul zu beißen. Das war ihm nur deshalb nicht gelungen, weil Schnuppermaul sich mit Knoblauch eingerieben und Unmengen von Knoblauchpillen geschluckt hatte. Für diese äußerst leichtsinnige Tat war Lumpi vom Familienrat mit einer Woche Flugverbot bestraft worden; das hatte Anton von Rüdiger und Anna erfahren. Was Anton nicht wusste, war, wie sich Lumpis Beißversuch auf seine Beziehung zu Schnuppermaul ausgewirkt hatte.

«Dann seid ihr nicht mehr befreundet, du und Schnuppermaul?», fragte er.

Lumpi wedelte theatralisch mit den Händen. «Wer kann das sagen? Seit der Gruselnacht haben wir uns nicht wiedergesehen.» Er stieß einen tiefen Seufzer aus. «Und wir waren schon so weit mit unserer Freundschaft!

Nacht für Nacht sind wir auf dem Friedhof spazieren gegangen und haben uns gegenseitig das Herz ausgeschüttet. Aber dann hat diese blöde Gruselnacht alles zerstört. Und nun will er nichts mehr mit mir zu tun haben. Kannst du das verstehen? Ich auch nicht», sagte er, ohne Antons Antwort abzuwarten. «Ich glaub, es liegt an dem schlechten Einfluss von Geiermeier. Ohne Geiermeier wären wir noch immer die allerdicksten Freunde, Schnuppermaul und ich.»

Geiermeier war der Friedhofswärter und Schnuppermaul sein Assistent.

«Und warum willst du dich jetzt wieder mit Schnuppermaul anfreunden?», fragte Anton.

«Warum, warum», zischte Lumpi. «Muss man immer alles erklären?»

«Nein. Aber wenn ich den Grund weiß, kann ich bestimmt viel besser zwischen euch vermitteln», sagte Anton.

Lumpi kratzte sich am Kinn, auf dem – soweit Anton das erkennen konnte –, kein einziger Pickel mehr prangte.

«Es ist wegen meiner Männergruppe», verriet er schließlich.

«Wegen deiner Männergruppe?»

«Ja! Als neugewählter Chef der Männergruppe muss ich mit gutem Beispiel vorangehen.»

«Chef?», wunderte sich Anton. «Habt ihr nicht früher ‹Präsident› gesagt?»

«Früher ...» Lumpi zog verächtlich die Mundwinkel herunter. «Wir gehen eben auch mit der Zeit.»

Gehen? Je früher, desto besser!, dachte Anton. Laut sagte er: «Und inwiefern musst du mit gutem Beispiel vorangehen?»

«Nun –», sagte Lumpi. «Wie du weißt, ist es nicht unsere Art, uns zu … ähm … entschuldigen. Aber in seltenen Ausnahmefällen müssen wir eben doch mal über unseren eigenen Vampirschatten springen.»

«Du willst dich wirklich bei Schnuppermaul entschuldigen?», sagte Anton ungläubig.

«Ja …» Lumpi machte ein verlegenes Gesicht. Gleich darauf schnauzte er Anton an: «Lach nicht!»

«Ich lach doch gar nicht», sagte Anton.

«Dein Glück!» Lumpi ließ seine Vampirzähne aufeinanderklicken. «Ich leg mein Schicksal in deine Hände, Anton Bohnsack. Hast du das kapiert?»

«Ja», knurrte Anton, nicht gerade erfreut über diese Aussicht. «Und was ist, wenn ich Schnuppermaul morgen Mittag gar nicht treffe? Oder wenn er nicht allein ist?»

Schnuppermaul und Geiermeier sah man fast immer zusammen. Geiermeier hatte sich geschworen, seinen Friedhof von sämtlichen Vampiren zu befreien, und war Tag und Nacht auf der Pirsch.

«Du wirst das schon hinkriegen.» Lumpi gab Anton eine Kopfnuss, die offenbar kumpelhaft gemeint war, denn sie tat nicht sehr weh.

«Und nun muss ich fliegen», sagte er. «Hab mich schon viel zu lange aufgehalten.»

«Triffst du dich mit Rüdiger und Anna?», nutzte Anton die Gelegenheit, sich nach seinen Freunden zu erkundigen.

«Nein, die sind beschäftigt.» Lumpi kicherte – ziemlich schadenfroh, wie es Anton schien.

«Und womit?», fragte er.

«Sie machen einen Tiefenlehrgang.»

«Einen Tiefenlehrgang?»

«Ja, bei Giselher dem Geschmeidigen.»

Anton kratzte sich am Kopf. Das seltsame, altmodische Wort «Tiefenlehrgang» erinnerte ihn an etwas.

«Du meinst nicht zufällig einen Intensivkurs?», fragte er.

«Nö.» Lumpi grinste breit. «Das wäre ja ein Fremdwort. Und Giselher der Geschmeidige erlaubt uns keine Fremdwörter.»

Auch diese Auskunft erinnerte Anton an etwas. Er kam aber nicht darauf, was es war. «Ist Giselher neu bei euch?», fragte er.

«Giselher ist so neu, dass er noch Eierschalen hinter den Ohren hat, haha!» Lumpi lachte dröhnend.

«So, und jetzt muss ich zu meiner Männergruppe», erklärte er. «Als Chef ist es meine Pflicht, für Recht und Ordnung zu sorgen. Außerdem muss ich aufpassen, dass mir keiner meinen Posten streitig macht. Vor allem nicht Tino der Tückische. Dann bis morgen, Anton!» Mit einem Satz sprang Lumpi aufs Fensterbrett und flog davon.

Anton schloss das Fenster und legte sich wieder ins Bett. Das waren ja reizende Aussichten für morgen ... Nur gut, dass wenigstens seine Mutter nicht mit dem Essen auf ihn warten würde!

Seine letzten Gedanken vor dem Einschlafen galten Rüdiger und Anna. Auch wenn Anton nicht die leiseste Ahnung hatte, was ein «Tiefenlehrgang» war – zumindest wusste er nun, weshalb sich die beiden so lange nicht bei ihm gemeldet hatten!

Vergeben und vergessen

Am nächsten Tag schlenderte Anton betont langsam – eben wie ein Spaziergänger – den mit Kies bestreuten Hauptweg des Friedhofs hinunter. In Abständen blieb er stehen und las die Inschriften auf den Grabsteinen, um keinen Verdacht zu erregen. Sein Plan ging auf: Die meisten älteren Damen, die ringsum ihre Grabpflege betrieben, nickten ihm freundlich zu. Eine kleine, dickliche Frau mit einem Sonnenhut fragte sogar: «Hast du auch liebe Dahingeschiedene auf dem Friedhof?»

«Ja», sagte Anton.

Und das war nicht mal gelogen. Nur lagen seine «lieben Dahingeschiedenen» in dem alten, verwilderten Teil des Friedhofs; genauer gesagt in der Gruft Schlotterstein.

«Wie entzückend von dir, dass du sie besuchen kommst», schwärmte die Frau. «Die meisten jungen Leute machen heutzutage einen weiten Bogen um den Friedhof – leider!»

«Ja», sagte Anton noch einmal. Besuchen wollte er die Vampire allerdings nicht; vor allem nicht um diese Zeit.

Da sah er am Ende des Wegs einen Mann in einem grauen Arbeitskittel, der mit Graben beschäftigt war. Der Mann kehrte ihm den Rücken zu, aber an den strohgelben Haaren erkannte Anton, dass es nur einer sein konnte: Schnuppermaul. Und nicht nur das – vom Friedhofswärter Geiermeier war weit und breit nichts zu entdecken!

Jetzt beeilte Anton sich richtig, und als er bei Schnuppermaul ankam, war er ziemlich außer Atem.

«Hallo, Herr Schnuppermaul!», rief er.

Schnuppermaul richtete sich etwas mühsam auf. Sein Gesicht war sonnenverbrannt, und Schweiß tropfte von seiner Stirn. Aber Graben war ja auch harte Arbeit.

«Hallo», antwortete er. Mit seiner erdverkrusteten Hand wischte er sich über die Augen. Fast hätte Anton gelacht, denn nun hatte er schwarze Augenränder wie ein Vampir.

«Kennen wir uns nicht?» Schnuppermaul blinzelte.

«Doch», sagte Anton. «Ich war früher schon mal hier, als bei mir zu Hause der Sand in der Sandkiste ausgewechselt wurde.»

«Oh, ich erinnere mich: Du bist der nette Blonde.» Schnuppermaul lächelte sichtlich erfreut.

«Ja, und später waren wir auf Ihrer Party, meine Freunde und ich», fuhr Anton fort. Er wollte gar nicht erst um den heißen Brei – den heißen Vampirbrei – herumreden.

«Party? Auf welcher Party?»

«Ich meine die Party, die Sie gegeben haben, als Herr Geiermeier im Krankenhaus lag. Die Party, auf der wir alle als Vampire verkleidet waren», erklärte Anton.

«Das waren deine *Freunde*?», sagte Schnuppermaul befremdet.

«Ja, meine besten Freunde.» Anton bemühte sich, ganz ruhig und gelassen zu bleiben.

«Weißt du denn nicht, dass das Vampire sind?», rief Schnuppermaul.

«Sie *verkleiden* sich gern als Vampire», sagte Anton. «Aber wer tut das nicht? Es macht doch riesig Spaß, alte schwarze Sachen anzuziehen und sich das Gesicht mit Babycreme zu schminken. Finden Sie nicht, Herr Schnuppermaul?»

«Ich?»

«Ja! Sie sahen jedenfalls spitzenmäßig aus als Vampir. Erinnern Sie sich noch, wie Lumpi und Rüdiger Ihnen die Haare toupiert und mit rotem Puder bestreut haben?»

«Doch, sicher.»

Anton holte tief Luft. «Also, Sie waren meiner Meinung nach der am echtesten aussehende Vampir der gesamten Party!»

«Ehrlich?» Schnuppermaul zupfte an seiner großen, gebogenen Nase, die nun ebenfalls dreckverschmiert war.

«Ja! Und ich finde, Sie sollten bald wieder eine Vampirparty geben», sagte Anton. «Ich würde auf jeden Fall kommen.»

«Du würdest kommen?»

«Klar! Und meine Freunde auch. Die vor allem. Lumpi hat erst vor kurzem gesagt, Ihre Party war die beste Party, die er je besucht hat.»

Schnuppermauls Miene verfinsterte sich. «Mit dem jungen Herrn von Schlotterstein möchte ich eigentlich nichts mehr zu tun haben.»

«Und wieso nicht?», fragte Anton in gespielter Unschuld.

«Weil er mich sehr enttäuscht hat.»

«Und womit hat er Sie enttäuscht?»

«Er wollte mich ... er hat mich ...», druckste Schnuppermaul herum. «Er hat sich wirklich wie ein Flegel benommen», sagte er nach einer Pause.

«Aber das tut Lumpi doch immer», sagte Anton. «Er kann gar nicht anders, weil er in den Flegeljahren ist. Da wäre es doch völlig unnatürlich, wenn er sich anders benehmen würde.»

«Glaubst du?»

Anton nickte. «Meine Mutter sagt immer: Wer in den Flegeljahren ist, muss sich auch wie ein Flegel benehmen. Und sie kennt sich damit aus, weil sie nämlich Lehrerin ist.»

«Du meinst, es liegt bei dem jungen Herrn von Schlotterstein nur an den Flegeljahren, dass er mich –» Schnuppermaul stützte sich auf den Griff seines Spatens und blickte gedankenvoll in die Ferne. «Aber Herr Geiermeier meint –» Er sprach nicht weiter.

«Herr Geiermeier sieht doch überall Vampire», sagte Anton.

Schnuppermaul warf ihm einen anerkennenden Blick zu.

«Du bist ein kluger junger Mann», lobte er. «Und du beobachtest deine Mitmenschen sehr genau, hab ich recht?»

«Ja», konnte Anton ihm nur zustimmen.

Er hatte Schnuppermaul wirklich sehr genau beobachtet. Und dabei war es ihm nicht entgangen, wie Schnuppermauls Miene nach und nach freundlicher wurde. Zuerst hatte er grimmig dreingeblickt, aber nun wirkte er ausgesprochen milde gestimmt – bereit zur Vergebung und zur Versöhnung!, dachte Anton.

«Kann ich meinen Freunden sagen, dass Sie demnächst mal wieder eine Vampirparty feiern?», fragte er.

«Hm, warum nicht», kicherte Schnuppermaul. «In ein paar Wochen, wenn Herr Geiermeier seinen Fortbildungskurs hat ...»

«Und kann ich Lumpi auch sagen, dass Sie ihm nicht mehr böse sind?»

«Äh ... ja ... Ich bin ein Mensch, der niemandem lange böse sein kann. Und die Party war in der Tat eine willkommene Unterbrechung des allnächtlichen Einerleis.» Auf

einmal ganz vertraulich, beugte Schnuppermaul sich zu Anton herunter und flüsterte: «Es stimmt, Herr Geiermeier sieht überall Vampire. Aber Vampire gibt es doch gar nicht, oder?»

Da Anton nicht lügen wollte, sagte er: «Glauben Sie denn an Vampire?»

«Bewahre, nein!», schrie Schnuppermaul auf. «Dann könnte man ja gar kein Friedhofsgärtner sein, wenn man an Vampire glauben würde. Dann würde man ja durchdrehen!»

«Eben», sagte Anton. «Und jetzt muss ich gehen.»

«Deine Mutti hat bestimmt schon das Süppchen fertig, oder?», neckte ihn Schnuppermaul.

Zum Glück nicht, dachte Anton.

Mit den Worten: «Ich grüß dann Lumpi und sag ihm, Sie haben alles vergeben und vergessen», wandte er sich zum Gehen.

«Ja! Und richte ihm aus, dass ich ihn heute Abend an unserer altbekannten Stelle erwarte», rief Schnuppermaul.

«Das werde ich», versprach Anton und marschierte los, dem Ausgang des Friedhofs zu.

Die Einladung

Anton rechnete fest damit, dass Lumpi kurz nach Einbruch der Dämmerung an sein Fenster klopfen würde, um sich nach seinem Erfolg bei Schnuppermaul zu erkundigen. Doch Lumpi kam nicht.

Als es dunkel geworden war, lud ihn sein Vater zu einem weiteren «Männerabend» ein, für den er Cheeseburger, Chicken Nuggets, Pommes frites, Muffins und Milchshakes mitgebracht hatte.

«Total ungesund», wäre der Kommentar von Antons Mutter gewesen. Aber sie war ja nicht da, sondern hatte ihr eigenes, vermutlich auch nicht sehr gesundes Essen im Landschulheim.

Bevor Anton zum Festgelage ins Wohnzimmer ging, befestigte er noch schnell mit Tesafilm außen an seiner Scheibe einen Zettel, auf den er geschrieben hatte: *Hi Lumpi, ich hab mit Schnuppermaul gesprochen. Alles ist okay, und er erwartet dich an eurem alten Treffpunkt. Anton.*

Als er nach einem Abend mit zu viel Essen, etwas Schachspielen und einem Krimi im Fernsehen wieder in sein Zimmer kam, war der Zettel verschwunden. Offenbar hatte Lumpi seine Nachricht gefunden und mitgenommen!

Anton schloss die Vorhänge und ging ins Bett. Irgendwann in der Nacht klopfte es. In der Erwartung, Lumpi zu sehen, sprang er aus dem Bett, lief ans Fenster und schob die Vorhänge zur Seite.

Doch da draußen saß ein Vampirmädchen, auf deren kinnlangen, silberblonden Haaren eine große hellblaue Schleife wippte.

«Olga ...» Anton hatte Mühe, seinen Schreck zu verbergen.

«Mach auf!», kommandierte sie.

Widerstrebend öffnete er das Fenster. Olga Fräulein von Seifenschwein war die Letzte, die er in seinem Zimmer haben wollte! Nein, noch schlimmer wäre Tante Dorothee ...

«Sei gegrüßt, Anton!», säuselte Olga und schwebte ins Zimmer.

Sie roch nach Lavendel und war so gepflegt, oder eher herausgeputzt, wie immer. Unter ihrem Vampirumhang trug sie ihr übliches Dirndlkleid, diesmal in Hellblau, und dazu die unvermeidliche blütenweiße Schürze.

«Gefalle ich dir?», fragte sie und lächelte eitel.

«Äh – ja», stotterte er – was sollte er auch sonst sagen.

«Findest du, Hellblau steht mir?»

«Doch ...»

«Besonders gesprächig bist du ja nicht!»

«Ich hab geschlafen», brummte er.

Auf einmal wurde ihm ganz komisch im Kopf und im Magen.

«Ich glaub, mir wird schlecht», stammelte er und stürzte an Olga vorbei zur Tür, durch den Flur und ins Badezimmer.

Zehn Minuten später kam Anton zurück. Auch jetzt fühlte er sich noch etwas wacklig auf den Beinen. Vor seiner Zimmertür, die Olga zugemacht haben musste, blieb er stehen und horchte. Insgeheim hoffte er, Olga durch sein plötzliches Verschwinden so gekränkt zu haben, dass sie das Weite gesucht hatte. Doch leider hörte er hinter der Tür Geräusche: das Rascheln von Papier, dann kicherte Olga.

Anton stieß die Tür auf. «He! Lass meine Sachen in Ruhe!»

Olga hatte die Schreibtischlampe eingeschaltet. Antons Blick fiel auf den Teppich, der mit Heften, Zeichnungen, Briefen, Fotos und Spielkarten übersät war. Mittendrin kniete Olga.

«Du hast kein Recht, dich an meinen Sachen zu vergreifen!», rief er.

Olga lachte ihr raues Lachen. «Anstatt dich aufzuregen, solltest du dich lieber freuen.»

Anton schnappte nach Luft. «Freuen? Etwa über das Chaos, das du angerichtet hast?»

Olga stand auf und brachte ihr Dirndlkleid in Ordnung. «Du solltest dich freuen, dass ich nichts von dem hässlichen Entlein bei dir entdeckt hab!»

«Von welchem hässlichen Entlein sprichst du?» Anton wollte seine Stimme zornig klingen lassen – so zornig, wie er sich fühlte. Doch sie klang eher matt, weil ihm schon wieder ganz komisch wurde.

«Von Anna natürlich», sagte Olga. «Aber Dracula sei Dank hast du *keine* Liebesbriefe von ihr. Ich hatte schon mit dem Schlimmsten gerechnet.»

«Erstens ist Anna nicht hässlich. Und zweitens hast du absolut kein Recht –», sagte Anton. Aber da begann es erneut in seinem Magen zu rumoren, und er musste ins Badezimmer flüchten.

Diesmal folgte Olga ihm. Anton saß auf dem Rand der Badewanne und presste einen nassen Seifenlappen gegen seine Stirn, als die Tür aufging und Olga um die Ecke spähte.

«Was machst du eigentlich andauernd hier drinnen?» Sie trat ein und schloss die Tür hinter sich. Neugierig sah sie sich um.

«Das sieht ja aus wie ein Schönheitssalon!», rief sie begeistert.

«Was verstehst du denn von Schönheitssalons?», sagte Anton.

«Einiges», erwiderte sie kühl. «Vampir zu sein, bedeutet nicht, hinterm Mond zu leben.»

Vor allem *leben*, dachte Anton und unterdrückte ein Grinsen.

«Und in Transsylvanien sind wir erst recht nicht wie die Bauern herumgelaufen», fügte sie hinzu. «Ich hatte sogar eine Dienerin, die nur für meine Toilette zuständig war.»

Anton prustete los. «Nicht mal dahin konntest du allein gehen?»

Olga warf ihm einen hoheitsvollen Blick zu. «Sehr gebildet bist du anscheinend nicht. Das Wort *Toilette* kommt aus dem Französischen und wird für die verschiedensten Dinge benutzt, unter anderem für das Abendkleid der vornehmen Dame.»

Anton presste seine Lippen aufeinander. Er wollte nicht lachen, er durfte nicht lachen – schon wegen seines Magens nicht.

Er sah zu, wie sich Olga direkt vor das Spiegelschränkchen stellte, in dem die Kosmetiksachen seiner Eltern waren. Auch das war typisch für Olga: Sie störte sich überhaupt nicht daran, dass sie kein Spiegelbild hatte, ganz im Gegensatz zu Anna, die vor Spiegeln immer den Kopf wegdrehte. Jetzt öffnete sie unverfroren die beiden Spiegeltüren.

«Ist das Riechwasser?» Sie nahm das Parfüm von Antons Mutter heraus und versprühte es in der Luft.

«He, das Parfüm gehört meiner Mutter!» Anton versuchte ihr das Fläschchen abzunehmen. «Du hast wohl überhaupt keinen Respekt vor den Sachen anderer Leute!», fuhr er sie an.

«Erraten», sagte sie. Aber zumindest stellte sie das Parfüm ins Schränkchen zurück. Nun holte sie das Glasgefäß mit der Nachtcreme seiner Mutter heraus.

Sie schraubte den Deckel ab, steckte ihren Zeigefinger hinein und verteilte eine großzügige Menge Creme auf ihrer Stupsnase und ihren Wangen.

«Das ist bestimmt eine Verschönerungscreme, oder? Ich wette, damit werd ich noch unwiderstehlicher!»

«Es ist eine Sonnencreme», behauptete Anton, um sich zumindest auf diese Weise für ihre Übergriffe zu rächen.

Doch das hätte er lieber nicht sagen sollen.

«Was?», kreischte Olga und warf das Gefäß auf den Fliesenboden, wo es zerbrach. «So eine Gemeinheit», schrie sie Anton an. «Jetzt kriege ich unter Garantie Falten!»

«Mach nicht solchen Lärm!», beschwor Anton sie.

Aber es war bereits zu spät, denn in diesem Augenblick wurde energisch gegen die Badezimmertür geklopft.

Olga fing an, wie Espenlaub zu zittern.

Es klopfte noch einmal, und dann ertönte die Stimme von Antons Vater: «Anton? Hast du Probleme?»

Zu Antons großem Glück war es bei Familie Bohnsack üblich, die Tür zum Badezimmer nur nach Aufforderung zu öffnen. Diese Rücksichtnahme verdankte Anton dem Psychologen Herrn Schwartenfeger, der Antons Eltern erklärt hatte, ihr Sohn sei jetzt in dem Alter, in dem er seine «Privatsphäre» brauche.

«Mir war schlecht, Vati», rief er seinem Vater durch die Tür zu. «Ich glaub, ich hab zu viel gegessen.»

«Darf ich reinkommen?», fragte Antons Vater.

«Nein!», rief Anton erschrocken. «Äh, gleich», fügte er hastig hinzu.

«Möchtest du, dass ich dir einen Pfefferminztee koche? Der beruhigt den Magen.»

«Ja, gern!»

Anton hörte, wie sich die Schritte seines Vaters entfernten.

«Du musst verschwinden», sagte er zu Olga, die sich neben dem Waschbecken auf die Fliesen gekauert hatte. «Mein Vater kommt in fünf Minuten zurück.»

Sie wirkte total verängstigt und konnte nur nicken.

Aber Anton wusste ja, mit welch panischer Angst Olga auf laute Schläge gegen geschlossene Türen reagierte. Vor langer

Zeit, in Transsylvanien, waren ihre Eltern von Vampirjägern umgebracht worden. Alles hatte damit begonnen, dass die Vampirjäger vor das Schloss Seifenschwein gekommen waren und gegen die massive Eingangstür geschlagen hatten. Später hatten sie das Schloss in Brand gesteckt. Olga hatte den Anschlag überlebt, aber die seelischen Wunden, die sie in dieser entsetzlichen Nacht erlitten hatte, waren nie verheilt.

Anton fasste sie am Arm, und widerstandslos ließ sie sich in sein Zimmer führen.

«Glaubst du, du kannst fliegen?», fragte er.

«Ja», antwortete Olga mit schwacher Stimme. Sie griff in die Schürzentasche, zog einen Umschlag heraus und gab ihn Anton. «Hier, für dich.»

Dann flog sie zum Fenster hinaus.

Voller Unbehagen wendete Anton den Umschlag in seiner Hand. Da er von Olga kam, enthielt er mit Sicherheit nichts Gutes ...

«Anton? Das finde ich aber gar nicht in Ordnung!», schreckte ihn die Stimme des Vaters aus seinen Gedanken. Sie kam aus dem Flur.

Schnell legte Anton den Umschlag in die oberste Schublade seines Schreibtisches. Danach schob er die Sachen, die Olga auf dem Teppich verstreut hatte, unter das Bett und öffnete die Tür.

Sein Vater kam ins Zimmer. «Ich weiß wirklich nicht, was in dich gefahren ist», sagte er vorwurfsvoll. «Muttis teures Parfüm zu versprühen, ihre Cremedose auf die Fliesen zu werfen und die Scherben dann auch noch liegen zu lassen ... So kenne ich dich gar nicht!»

Ich mich auch nicht, dachte Anton.

«Ich kauf Mutti neue Creme und neues Parfüm», versprach er. «Und das Bad räum ich morgen früh auf.»

Sein Vater stellte einen Becher mit Tee auf den Schreibtisch. Ein würziger Pfefferminzgeruch breitete sich aus.

«Mach dir darüber keine Gedanken», sagte er. «Mit deinem verdorbenen Magen hast du mildernde Umstände. *Ich* werde die Creme und das Parfüm kaufen. Wir Männer müssen schließlich zusammenhalten.»

Anton bedankte sich verlegen.

«Und die Spuren im Bad beseitige ich auch. Gute Nacht, Anton!»

«Gute Nacht, Vati.»

Sobald Anton allein war, öffnete er den Umschlag. Er enthielt eine lila Karte, auf der in schwarzer Tintenschrift stand:

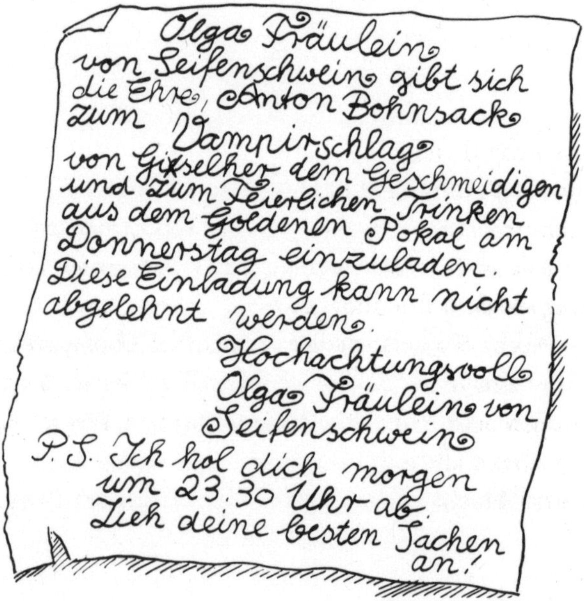

Nachdem Anton die Karte gelesen hatte, zitterten ihm die Hände. Was mochte ein Vampirschlag sein und was bedeutete es wohl, aus dem Goldenen Pokal zu trinken? Weder der kleine Vampir noch Anna hatten ihm gegenüber jemals solche Dinge erwähnt. Aufs Neue wurde Anton bewusst, wie wenig er eigentlich über seine besten Freunde und ihre Vampirsippe wusste. Ob Rüdiger und Anna auch an dem Vampirschlag teilnehmen würden? Er vermutete es, denn immerhin waren sie die Schüler von Giselher dem Geschmeidigen. Und was würden sie sagen, wenn er als Olgas Gast dorthin kam? Fragen über Fragen – und niemand, der ihm Antwort geben konnte. Anton fühlte sich hundsmiserabel; und das lag nicht nur an seinem Magen …

Ein gefährlicher Ort

Die restliche Nacht über wartete Anton vergeblich auf Rüdiger und Anna, und am Morgen beschloss er, etwas zu unternehmen. Er hatte zwar keinen Vampirumhang mehr, aber er war auch früher schon nach Sonnenuntergang ohne Umhang auf dem Friedhof gewesen. Sicherlich war der Friedhof bei Nacht ein gefährlicher, manchmal lebensgefährlicher Ort. Aber Anton fand, dass er keine Wahl hatte. Er musste mit Rüdiger oder Anna oder Lumpi sprechen, bevor Olga ihn morgen Abend abholte!

Diesmal brachte sein Vater ein indonesisches Reisgericht mit.

«Es hat nur ganz wenig Kalorien», sagte er und ergänzte mit einem verlegenen Lachen, er hätte bereits zwei Kilo zugenommen.

Nach dem Essen schauten sie sich alte Urlaubsfilme an – kein Vampir-Video, wie Antons Vater vorgeschlagen hatte, denn Anton wollte seine Nerven lieber schonen; auf dem Friedhof würde es gruselig genug werden!

Später in seinem Zimmer stellte er den Wecker auf elf. Zu dieser Zeit würde sein Vater fest schlafen. Als der Wecker klingelte, stand er auf und zog sich an, ohne Licht zu machen. Dann schlich er zum Schlafzimmer. Die Tür war angelehnt, und dahinter hörte er seinen Vater schnarchen. Auf Zehenspitzen ging er zur Wohnungstür und nahm sein Schlüsselbund vom Haken.

Diesmal verzichtete Anton darauf, den Fahrstuhl zu benutzen. Er wollte nicht das Risiko eingehen, jemanden zu treffen, der ihn kannte. Zum Glück schienen fast alle Nachbarn zu schlafen. Während er die Treppen hinunterstieg, hörte er nur aus einer Wohnung den Ton eines Fernsehers. Ansonsten herrschte Grabesstille, und auch in den Straßen war bis auf ein gelegentliches Fahrzeug niemand unterwegs.

Ohne Zwischenfall erreichte Anton die hintere Friedhofsmauer. Er blickte sich noch einmal um. Als er nichts Verdächtiges entdeckte, kletterte er über die verwitterte Mauer und ließ sich in das kniehohe Gras auf der anderen Seite fallen. Danach verschnaufte er ein paar Minuten. Besorgt musterte er seine Hände, aber glücklicherweise hatte er sich beim Klettern nicht verletzt und vor allem … war kein Blut zu sehen!

Mit Herzklopfen ging er los. Dichte Wolken hatten sich vor den Mond geschoben, und es war dunkler, als ihm lieb sein konnte, denn nun sah er kaum, wohin er trat. Vampire dagegen hatten scharfe Sinne und konnten ihre Opfer selbst in finsterster Nacht lokalisieren …

Bei diesem Gedanken sträubten sich Anton die Haare. Langsam bahnte er sich einen Weg durch das Gras, an Bäumen und Büschen vorbei, deren Äste und Zweige im Wind leicht schwankten. Irgendwo da hinten musste der Einstieg zur Gruft Schlotterstein sein, in der die Vampire ihre Särge hatten! Auf keinen Fall würde Anton zu der Tanne gehen, unter der das Einstiegsloch zur Gruft lag. Stattdessen wollte er zwischen den alten Gräbern umherstreifen in der Hoffnung, eins der Vampirkinder zu treffen. Das hatte in der Vergangenheit auch schon ein paarmal geklappt.

Plötzlich stieß Anton gegen etwas Hartes. Er schrie auf. Sein großer Zeh tat weh, scheußlich weh. Ob er sich den Zeh gebrochen hatte? Es raschelte in seiner Nähe, Zweige knackten. «Rüdiger? Anna?», rief er. « Seid ihr das?»

Keiner antwortete. Sein Zeh tat noch immer weh, aber gebrochen war er nicht. Vermutlich war es nur ein Stein, dachte Anton und machte ein paar zaghafte Schritte. In der Ferne sah er das kegelförmige Dach der Kapelle. Ihm fiel der Notausgang der Gruft Schlotterstein ein, der wenige Schritte hinter der Kapelle endete. Vielleicht sollte er bei der Kapelle warten?, überlegte er. Sie bot immerhin einen gewissen Schutz.

Vorsichtig ging er auf die Kapelle zu. Nach einer Weile hörte er rechts von sich Stimmen: eine mal hoch, mal tief kieksende, auf die eine Männerstimme antwortete. Er konnte nicht verstehen, worüber sie sprachen, aber er ahnte, wer die beiden waren. Und dann sah er unter einem Baum, dessen

Äste sich wie ein Laubendach zur Erde neigten, zwei Gestalten auf einer Bank sitzen. Anton schlich näher heran und blieb hinter einem Gebüsch stehen, um zu horchen.

«Ich möchte ja kommen!», sagte die Männerstimme in weinerlichem Ton. «Aber was soll ich Herrn Geiermeier erzählen? Heute hab ich gesagt, ich müsste meiner Tante Agathe beim Kuchenbacken helfen. Aber ich kann ja nicht morgen schon wieder Kuchen backen, oder? Und Herr Geiermeier sagt, wer auf dem Friedhof arbeitet, ist ständig im Dienst.»

«Lass dich bloß nicht immer von ihm herumkommandieren», erwiderte Lumpi – denn er war es, der da neben Schnuppermaul saß. «Du musst einfach mal deinen Mut zusammennehmen und –»

«Meinen Mut zusammennehmen? Das tue ich jede Nacht, wenn wir auf Patrouille gehen, Herr Geiermeier und ich», jammerte Schnuppermaul. «Du kannst dir nicht vorstellen, was ich da durchmache! All die Geräusche ... und die Gerüche ... und dann die schwarzen Schatten, die vorbeihuschen ...» Er stöhnte. «In Wirklichkeit gibt es ja keine Vampire – keine echten, meine ich, nur so nette Faschingsvampire wie dich, Lumpi. Aber Herr Geiermeier mit seiner Vampir-Besessenheit, der kann einem richtig Angst machen, und auf einmal glaubt man doch, dass es Vampire gibt.»

«Hahaha», machte Lumpi.

«Es klingt albern, ich weiß», sagte Schnuppermaul. «Aber wenn man nachts im Dunkeln unterwegs ist, zwischen all diesen Grabsteinen und Kreuzen und verwelkten Blumen ... Und wenn dann einer ständig von Vampiren redet ... da kann selbst der Gesündeste auf verrückte Ideen kommen, glaub mir.»

«Ich glaub dir ja», sagte Lumpi.

«Deshalb bin ich auch so froh, dass wir beide uns wieder versöhnt haben», seufzte Schnuppermaul. «Der Gedanke an dich beruhigt mich irgendwie. Und er erinnert mich daran, wie trügerisch der äußere Schein ist», fügte er hinzu.

«Sehr trügerisch, jaja.» Lumpi lachte meckernd. «Dann kommst du also morgen Abend?»

Schnuppermaul erhob sich und begann vor der Bank auf und ab zu wandern.

«Ich würde ja», sagte er. «Aber ich bin nun mal kein Freund von überstürzten Entschlüssen. Und dieser ... dieser Schlagerabend kommt mir doch etwas zu plötzlich, Lumpi.»

«Schlagabend», verbesserte Lumpi. «Giselher der Geschmeidige bekommt morgen Abend seinen Vampirschlag.»

«Ja, in eurer Männerclique feiert ihr wirklich die tollsten Partys. Trotzdem, morgen möchte ich lieber nicht mitmachen.»

«Eben hast du noch gesagt, du möchtest gern kommen!»

«Hab ich das?» Schnuppermaul gab ein betretenes Kichern von sich. «Ehrlich gesagt, diese Gruselnacht neulich ... die sitzt mir wohl doch noch etwas in den Knochen. Und außerdem ... Herr Geiermeier gibt mir bestimmt nicht frei.»

Anton schlug das Herz bis zum Hals. Anscheinend wollte Lumpi Schnuppermaul zu derselben Feier mitnehmen, zu der Olga ihn, Anton, eingeladen hatte.

Und das war *die* Chance für ihn, mehr über diese Feier herauszukriegen!

Entschlossen trat er hinter dem Gebüsch hervor und sagte: «Warum gehen wir nicht zusammen hin, Herr Schnuppermaul?»

Schnuppermaul und Lumpi fuhren herum und starrten ihn an.

«Spionierst du mir etwa hinterher?», knurrte Lumpi, als er sich von seiner Überraschung erholt hatte.

«Nein», sagte Anton. «Ich wollte nur Rüdiger und Anna treffen.»

«Auf die trüben Tassen kannst du lange warten.» Lumpi lachte höhnisch.

«Wieso? Was ist denn mit ihnen?», fragte Anton.

«Die machen heute ihre Prüfung. – Na ja, sie haben es gerade noch rechtzeitig geschafft», sagte Lumpi in etwas freundlicherem Ton.

«Was haben sie gerade noch rechtzeitig geschafft?»

«Ihren Tiefenlehrgang. Weiß Dracula, die haben sich Zeit gelassen. Tante Dorothee sagt, sie hat noch nie so lahme Schüler gehabt wie meinen kleinen Bruder und meine kleine Schwester.»

«Tante Dorothee ist bei dem Tiefenlehrgang dabei?», sagte Anton erschrocken.

«Sicher. Und wenn Rüdiger und Anna ihre Prüfung nicht bestehen –» Lumpi machte eine Pause und fuchtelte mit den Armen durch die Luft. «Ja, dann werden sie von dem Fest morgen Nacht ausgeschlossen!»

«Also, was diesen Schlager- … äh … Schlagabend betrifft», meldete sich Schnuppermaul zu Wort. «Ich hab ja schon gesagt, dass ich diesmal lieber drauf verzichte. Vielleicht beim nächsten Mal.»

«Das nächste Mal kann schneller kommen, als du denkst.» Lumpi zeigte seine Vampirzähne. «Aber du solltest es dir ruhig nochmal überlegen, Wolf-Rüdiger. Wo unser lieber

Anton doch auch hingeht. Hast du nicht gehört, wie er gesagt hat: Warum gehen wir nicht zusammen hin, Herr Schnuppermaul?»

«Ich … ich hab mich aber noch nicht endgültig entschieden», erwiderte Anton hastig.

«So?» Lumpi machte einen Schritt auf Anton zu. «Jetzt *hast* du dich endgültig entschieden. Weil nämlich Lumpi von Schlotterstein der Starke dich hiermit auf das allerherzlichste einlädt, jawohl!»

«Ich b-bin schon eingeladen», stotterte Anton.

«Und von wem, wenn ich fragen darf? Etwa von meiner süßen kleinen Schwester?» Das *süß* betonte Lumpi so anzüglich, dass Anton spürte, wie er rot wurde. Aber zum Glück war es ziemlich dunkel. «Nein», sagte er.

«Von Rüdiger?»

«Auch nicht.» Anton schluckte. Er saß in der Klemme. Und in diese Klemme hatte er sich selbst gebracht – durch seine völlig unnötige Offenlegung, dass er bereits eingeladen war.

«Wer denn nun?», schnaubte Lumpi. «Los, spuck's aus!»

«Olga», gestand Anton.

«Olga? Junge, Junge, da werden ja die Fetzen fliegen!» Lumpi rieb sich vergnügt die Hände. «Na, dann viel Spaß, Anton!»

«Bevor ich hingeh, brauch ich aber unbedingt noch ein paar Informationen.» Anton gab sich Mühe, seine Stimme fest und energisch klingen zu lassen.

«Informationen, Informationen …» Lumpi schob sein Gesicht ganz nah an das von Anton heran. «Wenn du morgen Abend kommst, solltest du lieber deutsch sprechen!»

Aufs Neue hatte Anton das Gefühl, an etwas erinnert zu werden. Doch er kam nicht drauf, an was.

«Sind das alle Informationen, die du mir geben kannst: dass ich deutsch sprechen soll?», fragte er.

«Allerdings!», knurrte Lumpi. «Das wäre ja noch schöner, wenn wir Vampire euch Menschen –»

«Faschings-Vampire», warf Schnuppermaul ein.

Lumpi heulte auf. Offenbar fand bei ihm gerade ein besonders heftiger Stimmungsumschwung statt. «Ihr geht mir alle beide ganz furchtbar auf den Keks!», brüllte er. «Ade! Ich kratz die Kurve!»

Mit wehendem Umhang rannte er in die Nacht hinaus. Anton fragte sich, warum er nicht flog. Aber vielleicht tat er es wegen Schnuppermaul nicht, der ja noch immer im Unklaren über Lumpis Vampir-Natur war.

«Ein bühnenreifer Abgang», kicherte Schnuppermaul. «Der junge Herr von Schlotterstein hat wirklich den Teufel im Leib. Dagegen kommt sich unsereiner wie ein gefühlloser Holzklotz vor, hab ich recht?»

«Jaja», murmelte Anton, der kaum hingehört hatte. Er hätte sich selbst ohrfeigen können! Statt *einer* Einladung zum morgigen Abend hatte er nun zwei. Und herausgefunden hatte er so gut wie gar nichts.

«Ich muss jetzt nach Hause», sagte er zu Schnuppermaul.

«Schon?»

«Ja.» Anton setzte sich in Bewegung.

«Halt!», rief Schnuppermaul. «Selbstverständlich begleite ich dich. Du machst dir ja keine Vorstellung, welche Gefahren hier auf dem Friedhof lauern. So warte doch! Warte auf mich!»

Aber Anton war schon zwischen den Büschen verschwunden. Während er in die Richtung lief, in der er die alte Friedhofsmauer vermutete, hörte er hinter sich einen Wutschrei, und dann erklang die Stimme Geiermeiers: «Nennst du *das* Kuchenbacken, Wolf-Rüdiger?»

«Nein, Hans-Heinrich», kam die eingeschüchterte Antwort Schnuppermauls. «Wir sind mit dem Kuchenbacken früher fertig geworden, Tante Agathe und ich. Und da dachte ich mir, ich sollte mal auf dem Friedhof nach dem Rechten sehen.»

«So ein unverantwortlicher Leichtsinn!», schimpfte Geiermeier. «Ohne Holzpflöcke und ohne Knoblauch hier herumzustöbern … der reinste Selbstmord ist das!»

«Ja, Hans-Heinrich. Es … es tut mir auch leid, dass ich so unvorsichtig war», antwortete Schnuppermaul.

Den Rest des Gesprächs hörte Anton nicht mehr. Er hatte die Friedhofsmauer erreicht, und mit einer letzten großen Kraftanstrengung kletterte er auf die andere Seite.

Sind deine Eltern da?

«Du siehst nicht gerade frisch aus», witzelte Antons Vater am nächsten Morgen beim Frühstück.

«Du auch nicht», gab Anton das Kompliment zurück.

Sein Vater lachte. «Vielleicht sollten wir heute zur Abwechslung mal früh ins Bett gehen. Was meinst du?»

«Hm, ja», sagte Anton. Er konnte zwar früh ins Bett

gehen, aber spätestens um halb zwölf würde Olga bei ihm klopfen, wie sie es angedroht hatte. Und bis dahin sollte er besser einen Plan haben!

Nachdem er am Abend mit seinem Vater eine Sendung über Wölfe gesehen hatte, die ihn wider Erwarten richtig fesselte, gähnte er laut und sagte: «Nacht, Vati.»

«Schlaf gut», wünschte sein Vater.

In seinem Zimmer angekommen, war Anton jedoch viel zu nervös, um zu schlafen. Er trat ans Fenster und blickte in die Nacht hinaus. Noch einmal ließ er sich alles durch den Kopf gehen, was er über das Fest wusste. Viel war es nicht, leider ... Lumpi hatte gesagt, es sei ein «Schlagabend», bei dem Giselher der Geschmeidige seinen Vampirschlag bekommen würde. Außerdem hatte er gesagt, Rüdiger und Anna würden von dem Fest ausgeschlossen, falls sie ihre Prüfung nicht bestanden. Und dann hatte Lumpi ihm noch den Rat gegeben, auf dem Fest lieber deutsch zu sprechen. Ja, und auf Olgas Einladung wurde ein «Feierliches Trinken aus dem Goldenen Pokal» erwähnt. Der Nachsatz hatte gelautet: «Zieh deine besten Sachen an».

Anton überlegte. Seine neuen dunkelblauen Jeans, das graue Sweatshirt und seine weißen Laufschuhe waren die besten Sachen, die er im Augenblick hatte. Aber wenn er die auf der Feier trug, würde jeder sofort wissen, wer er war: ein Mensch. Und dass auf dem Fest ausschließlich Vampire sein würden, daran zweifelte Anton keinen Augenblick. Und so entschied er, sich vorsorglich selbst in einen Vampir zu verwandeln – allerdings nur mit Make-up.

Er hatte ja auch schon mehrmals geschminkt und verkleidet an Vampirfesten teilgenommen, sprach er sich selbst Mut zu. Nie war ihm etwas passiert, und hinterher hatte er jedes Mal gefunden, dass die aufregenden Erlebnisse und der Nervenkitzel es wert gewesen waren, sich der Gefahr auszusetzen. Und wenn man im Leben überhaupt kein Risiko einging, konnte man sich gleich in den Sarg legen!, setzte er in Gedanken hinzu.

Als Anton diesen Beschluss gefasst hatte, fühlte er sich gleich besser. Er stellte seinen Wecker, und dann schlief er tatsächlich noch fast zwei Stunden. Um halb elf klingelte der Wecker.

Anton sprang aus dem Bett und zog seine schwarzen Jeans, den schwarzen Rollkragenpullover und seine schwarzen Schuhe an. Danach schlich er ins Badezimmer. Er trug weiße Babycreme auf sein Gesicht auf, umrandete seine Augen mit dicken schwarzen Strichen und malte sich zusätzlich dunkle Augenränder. Seine Haare zerzauste er mit der Bürste seiner Mutter und bestäubte sie mit Puder. Auch sein Gesicht erhielt eine ordentliche Schicht Puder. Die Lippen zog Anton mit einem dunkelroten Lippenstift nach. Zufrieden nickte er seinem Spiegelbild zu. Wie ein Mensch sah er jedenfalls nicht mehr aus!

In seinem Zimmer versuchte Anton zu lesen. Aber er hatte Mühe, sich zu konzentrieren, und so war er fast erleichtert, als um zwanzig nach elf Olga durch das offene Fenster hereinschwebte. Eine Wolke aus scheußlich süßem Parfüm umwehte sie.

Kokett stellte sie sich in der Zimmermitte auf, schlug ihren Vampirumhang zurück und sagte: «Da bist du sprachlos, stimmt's?»

«Warum sollte ich sprachlos sein?»

«Weil ich heute Abend einfach umwerfend aussehe. Alle sagen das.»

Dann brauch *ich* es ja nicht zu sagen!, dachte Anton – und schwieg.

Aber Olga sah wirklich gut aus. Sie trug ausnahmsweise kein Dirndlkleid, sondern ein weißes Spitzenkleid mit einer breiten Schärpe, weiße Kniestrümpfe und schwarze Lackschuhe. Auf ihren glatten, silbrig schimmernden Haaren prangte eine große rosa Schleife. Ihre Wangen waren gerötet – vermutlich vom Fliegen.

«Warum hast du dir all das weiße Zeug ins Gesicht geschmiert?», fragte sie jetzt stirnrunzelnd. «Und was ist mit deinen Augen passiert? Bist du in einen Eimer mit Kohlen gefallen?» Sie lachte schrill.

Anton setzte eine würdevolle Miene auf. «Ich finde meine Verkleidung sehr gelungen.»

«Mag sein. Aber es ist eben nur ... Verkleidung!»

«Soll ich etwa so zu eurer Feier gehen, wie ich normalerweise aussehe?», fragte Anton entrüstet.

«Dann würdest du jedenfalls echt aussehen», sagte Olga.

«Und alle würden sofort wissen, dass ich ein Mensch bin», knurrte Anton.

«Daran ist doch nichts Schlechtes», tat Olga unschuldig.

«Auf einer *Vampir*party ist es bestimmt nichts Gutes», entgegnete Anton.

Olga zog es vor, diese Bemerkung zu überhören. Mit einem Kopfnicken deutete sie auf die Tür. «Sind deine Eltern da?»

«Nur mein Vater. Und der schläft.»

«Dein Vater ist ganz allein?» Sie zupfte an ihren Haarspitzen und lachte affig. «Glaubst du, ich kann mir mal anschauen, wie er schläft? Ich finde ihn ja sooo reizend, deinen Vater!»

«Nein», sagte Anton. «Ich will nicht, dass er aufwacht.»

«Nun werd doch nicht gleich eklig», zischte Olga. «Du kannst wohl überhaupt keinen Spaß verstehen, wie?»

«Nicht mit meinem Vater.»

Olga verzog ihre – zum Glück! – tiefroten Lippen. «Sind *das* deine besten Sachen?», fragte sie und musterte ihn.

«Wieso?», sagte Anton. «Sie sind schwarz!»

«Ich hatte an einen Frack oder einen Abendanzug gedacht», erklärte sie. «So, wie du angezogen bist, kannst du ja als Knappe durchgehen.»

«Als was?»

«Als K-n-a-p-p-e.»

«Und was macht ein Knappe?», fragte Anton.

«Handreichungen», antwortete Olga verächtlich. «Und du hast wirklich keinen Frack? Oder wenigstens einen Abendanzug?»

«Nein», sagte er wahrheitsgemäß. Anna hatte ihm einmal einen alten Herrenanzug gegeben, aber den hatte sie vor längerer Zeit wieder abgeholt.

«Na gut, dann muss es eben so gehen», sagte Olga. «Fliegen wir?»

«Nicht so hastig», erwiderte Anton. Auch das gehörte zu seinem Plan. Er atmete noch einmal tief durch. «Ich komme nur mit, wenn du mir sagst, wohin wir fliegen und wer alles an diesem Schlagabend teilnimmt.»

Olgas Augen verengten sich. «Heißt das, du willst meine Einladung *nicht* annehmen? Hast du vergessen, was auf der Karte steht: Diese Einladung kann nicht abgelehnt werden?»

«Das hab ich nicht vergessen», sagte er. «Aber ich möchte einfach etwas mehr erfahren. Damit ich innerlich darauf vorbereitet bin, was mich bei dem Schlagabend erwartet.»

«Du bist ja reichlich eingebildet!», fauchte sie. «Wenn ich, Olga Fräulein von Seifenschwein, dir die Ehre erweise, dich zu unserer wichtigsten Familienfeierlichkeit einzuladen, dann steht es dir absolut nicht zu, mir idiotische, kleinkarierte Fragen zu stellen. Hast du das verstanden?»

Bei den letzten Worten wurde ihre Stimme zu einem misstönenden Kreischen. Erschrocken blickte Anton zur Zimmertür. Dabei fiel ihm ein, dass er vergessen hatte, sie abzuschließen, wie er es sonst immer tat, wenn er zu einem nächtlichen Ausflug aufbrach. Schnell lief er hin und drehte den Schlüssel herum. Dann horchte er. Aber alles blieb ruhig. Sein Vater hatte wirklich einen gesegneten Schlaf, wie Antons Mutter immer sagte!

Er drehte sich wieder zu Olga um. «Der Schlagabend ist eure wichtigste Familienfeierlichkeit?», fragte er in der Hoffnung, doch noch ein paar Einzelheiten von ihr zu erfahren.

Aber sie sagte nur barsch: «Ja. Fliegen wir jetzt?»

«Und womit soll ich fliegen?», entgegnete er.

«Ach so –. Hier, der ist für dich!» Unter ihrem Kleid zog sie einen zweiten Vampirumhang hervor.

«Das ist aber nicht der Umhang von Onkel Theodor, oder?» Misstrauisch beäugte Anton den schon recht zerschlissenen Vampirumhang. Er hatte nicht den typischen Modergeruch, sondern roch irgendwie … ja, ranzig.

«Nein», bestätigte Olga.

«Und wem gehört er dann?»

«Musst du immer so neugierig sein?»

«Ich würde nur gern wissen, wem er gehört», sagte Anton. Er hatte mal eine Geschichte gelesen, in der sich jemand dadurch in einen Vampir verwandelte, dass er einen echten Vampirumhang überstreifte.

«Ich hab ihn mir geliehen», sagte Olga. «Von Roderich dem Unersättlichen. Der Arme hat die Transsylvanische Grippe und muss seit einer Woche stramm im Sarg liegen.»

«Oh ...» Nach dieser Eröffnung wurde Anton der Umhang noch unsympathischer. Von Roderich dem Unersättlichen hatte der kleine Vampir berichtet, er könne nie länger als eine Stunde fliegen – dann müsse er sich schon wieder stärken. Mit Sicherheit waren die vielen dunklen Flecken ... Blutflecken!

«Aber der Umhang ist doch nicht ansteckend, oder?», fragte er besorgt.

«Puh, bist du ein Umstandskrämer!», stöhnte Olga. «Du sollst ihn dir nicht anstecken, du sollst ihn überziehen!»

«Ich hab wegen der Transsylvanischen Grippe gefragt», sagte Anton. «Ich wollte wissen, ob ich mich durch den Umhang anstecken kann.»

«Hundertprozentig nicht.» Olga lachte. «Noch nicht ...»

Anton erschauerte. Er ahnte, worauf Olga anspielte: Offenbar konnte die Transsylvanische Grippe nur von Vampir zu Vampir übertragen werden. Ihm wurde ganz elend zumute; und diesmal kam es nicht von seinem Magen. Wenn doch nur ein Wunder geschehen und er aus diesem Albtraum aufwachen würde!, dachte er.

«Worauf wartest du noch?», fuhr Olga ihn an. «Willst du etwa, dass wir zu spät kommen?»

«Nein ...» Beklommen streifte Anton den Umhang über.

Aber nichts Außergewöhnliches geschah. Zaghaft bewegte er die Arme unter dem Umhang auf und ab, und trotz der vielen Löcher im Stoff begann er zu schweben. Ja, er musste aufpassen, dass er nicht mit dem Kopf gegen die Zimmerdecke stieß.

Olga schwebte schon draußen vor dem Fenster und winkte ihm.

Anton stieg aufs Fensterbrett.

«Hast du Angst?», rief sie spöttisch.

«Nein», log Anton.

Er machte ein paar kräftige Bewegungen mit den Armen, wie der kleine Vampir es ihm vor langer Zeit beigebracht hatte – und flog!

Neuigkeiten von Tante Dorothee

Zu Antons Verwunderung steuerte Olga den großen Kastanienbaum an, der vor seinem Haus wuchs, und landete in der Krone.

Er landete auf einer Astgabel neben ihr. «Hast du nicht eben noch gesagt, wir hätten es eilig?»

«So eilig nun auch wieder nicht.» Sie blickte ihn mit leuchtenden Augen an. Ihre Lippen waren leicht geöffnet, und er konnte ihre scharfen Vampirzähne sehen. «Erstens fangen unsere Familienfeierlichkeiten meistens mit einer Stunde Verspätung an. Und zweitens haben wir beide uns noch gar nicht richtig unterhalten, Anton!»

Sie legte den Kopf schief und schenkte ihm ein – wie Anton fand – ziemlich verlogenes Lächeln.

«Und worüber willst du dich unterhalten?», fragte er.

«Über uns», antwortete sie.

«Ich glaub nicht, dass es da viel zu unterhalten gibt.»

Sie kicherte. «Soll das heißen, du hast mich nicht vermisst?»

«Kein bisschen», antwortete er – und ärgerte sich schon im selben Moment über das Wort «bisschen».

«Ehrlich, Anton? Du *erlaubst* mir ein kleines Bisschen?», missverstand Olga ihn absichtlich. Dabei schielte sie auf seinen Hals.

«Nein!», erwiderte er. «Du hast dich verhört. Ich hab gesagt, ich hab dich kein bisschen – also überhaupt nicht – vermisst.»

«Pah», machte sie.

«Aber Rüdiger hat dich bestimmt vermisst», sagte Anton schnell.

«Rüdiger, Rüdiger», fauchte sie. «Der weiß noch nicht mal, dass ich wieder da bin.»

«Nicht?»

«Nein. Er und Anna kommen erst heute Nacht von ihrem Tiefenlehrgang im Jammertal zurück.»

«Sie waren im Jammertal?»

«Ja. Und auch noch an anderen Plätzen.»

«Weißt du zufällig, woraus so ein Tiefenlehrgang besteht?», fragte Anton. Vielleicht war Olga ja etwas freigebiger mit ihren Informationen als Lumpi, dachte er.

«Ein Tiefenlehrgang ist für Vampire, die –», begann Olga. Aber dann kräuselte sie ihre Nase und zischte: «He, jetzt hast du mich von meinem Thema abgebracht!»

Sie zog die Kniestrümpfe hoch, strich den Kleidersaum glatt und rückte ihre Schleife zurecht. «Bevor wir zu Giselhers Vampirschlag fliegen, müssen wir unbedingt noch über die Frage aller Fragen sprechen», erklärte sie wichtigtuerisch.

Anton wurde ganz mulmig zumute. «Über die Frage aller Fragen?»

«Es ist die Frage, die dir jeder Vampir nur einmal stellen kann.» Langsam fuhr Olga mit der Zungenspitze über ihre

Fangzähne. «Wenn du mit Ja antwortest, bist du für alle Ewigkeit von deiner jämmerlichen, unbedeutenden Menschenexistenz befreit.»

«Ich versteh nur Bahnhof», behauptete Anton.

«Logischerweise kann ich dir diese Frage im Augenblick noch nicht stellen.» Olga lachte ihr raues Lachen. «Aber du tust gut daran, dich auf die richtige Antwort vorzubereiten. Hast du kapiert: auf die richtige?»

«Ja.» Anton hielt es für das Klügste, sich gar nicht erst auf eine Diskussion einzulassen.

«Aber ich hab noch eine andere Frage», sagte Olga. «Wie steht es mit dir und Anna?»

Anton zuckte mit den Schultern. «Wie soll es mit uns stehen?»

«Wann hast du Anna zum letzten Mal gesehen?»

«Das ist ein paar Wochen her.»

Olga seufzte erleichtert. «Sie hat sich also an das Verbot gehalten!»

«An welches Verbot?»

«Tante Dorothee hat Rüdiger und Anna angedroht, dass sie für immer aus der Familie ausgestoßen werden, wenn sie weiterhin mit dir befreundet sind. Mir hat sie es selbstverständlich nicht verboten. Aber ich bin ja auch ihre Lieblingsnichte und hab deshalb meine ganz besonderen Freiheiten.»

«Woher wusste Tante Dorothee denn, dass Anna und Rüdiger mit mir befreundet waren – äh, sind?», fragte Anton. Die Vorstellung, möglicherweise wochenlang von Tante Dorothee bespitzelt worden zu sein, fand er äußerst beunruhigend.

«Woher sie das wusste? Von ihrer besseren Hälfte natürlich!»

«Von ihrer besseren Hälfte?»

«Ja! Tante Dorothees neuer Ehegemahl hat euch doch alle auf frischer Tat ertappt!» Olga summte eine Melodie – eine Walzermelodie – und machte Bewegungen, als würde sie tanzen. Anton runzelte die Stirn. «Meinst du etwa die Tanzstunde, in der wir alle zusammen waren?»

Olga lachte prustend los. «Du hast ja ein richtig helles Köpfchen!»

«Aber du warst doch mit uns in der Tanzstunde!», erinnerte Anton sie.

«Und wenn schon», sagte Olga kühl. «Ich bin wie immer unschuldig. Tante Dorothee weiß, dass ich von Anna und Rüdiger zum Mitmachen verführt wurde.»

Anton ließ das Gehörte erst mal auf sich wirken. Dann fragte er: «Und Tante Dorothee hat wirklich geheiratet?»

«Ja, stell dir vor! Ist das nicht romantisch? Nach all den schrecklichen Verlusten und Enttäuschungen, die sie erlitten hat!»

«Und wen hat sie geheiratet?», fragte Anton.

«Das wirst du noch früh genug erfahren, glaub mir.»

«Aber der, den Tante Dorothee geheiratet hat, hat uns alle zusammen gesehen, stimmt's?»

«Das hab ich dir doch schon gesagt!»

Anton räusperte sich. «Dann kann es eigentlich nur –»

«Verdirb dir nicht die Überraschung», sagte Olga und schwang sich in die Luft. «Los, komm!»

Sie flog mit kräftigen Armstößen voraus, und Anton folgte ihr. Innerlich hatte er sich auf einen langen Flug eingestellt, doch bereits nach wenigen Minuten verringerte Olga ihr Flugtempo.

«Da unten ist es!», rief sie Anton zu.

Anton erschrak. «Auf dem Friedhof?» Unter ihnen erkannte er die alte, verwitterte Friedhofsmauer.

«Nein, du Dummi», lachte Olga. «Die Feier findet bei Giselher dem Geschmeidigen statt.»

Sie steuerte eine große, altmodische Villa an. Als Anton den Buckel-Volvo sah, der davor parkte, gab es keinen Zweifel mehr: Es war die Villa, in deren zweitem Stock die Tanzschule Schwanenhals ihre Räume hatte.

Zunächst schien es, als würde sich niemand in der Villa aufhalten. Aber dann sah Anton, dass die Fenster des zweiten Stockwerks mit dunklem Stoff verhängt waren, durch den an einigen Stellen Licht nach draußen fiel. Und nun hörte er auch Stimmen und Klaviermusik.

Er dachte an Rüdigers Geburtstag, den sie in der Tanzschule Schwanenhals gefeiert hatten und der durch das unerwartete Auftauchen von Tante Dorothee und Herrn Schwanenhals zu einem abrupten Ende gekommen war. Selbst jetzt noch glaubte Anton das fassungslose Gesicht des Tanzlehrers beim Anblick seines mit Zeitungen, Einwickelpapier, Rollen von Toilettenpapier und Kartoffeln übersäten Tanzsaals vor sich zu sehen.

Wie bei Rüdigers Geburtstag stand das Fenster des Umkleideraums ein Stück offen, und Olga flog zielstrebig hinein. Anton zögerte noch, ob er wirklich hinterherfliegen sollte. Aber da steckte Olga ihren Kopf zum Fenster heraus und rief: «Nun mach schon!»

Anton gab sich innerlich einen Ruck und glitt durch die Öffnung. Er landete auf dem Fliesenboden, neben dem Waschbecken. Ihm fiel auf, dass Olga diesmal ihren Umhang anbehielt und ihn nicht auf die Holzbank legte. Offenbar hatte sie die Lektion gelernt, die Anna ihr auf der Geburtstagsfeier erteilt hatte!

Sie verließen den nach Scheuerpulver riechenden Umkleideraum und kamen in den Flur. Nur noch eine Tür trennte sie jetzt vom Tanzsaal, aus dem laute Zurufe und das Rücken und Schieben schwerer Möbel zu hören waren. Das Klavierspiel war verstummt.

«Sie sind noch immer am Aufbauen», sagte Olga.

«Und was wird da hin und her geschoben?», fragte Anton.

«Kannst du dir das nicht vorstellen?»

«Etwa ... Särge?»

Olga kicherte. «Genau genommen ist es nur ein Sarg. Aber ein ganz besonderer Sarg!»

Sie überprüfte ein letztes Mal, ob ihre Schleife und die Schärpe richtig saßen und ob ihre Kniestrümpfe auch nicht gerutscht waren. Dann befeuchtete sie ihre Lippen, wippte ein paarmal mit den Füßen auf und ab und öffnete die Tür zum Tanzsaal.

Der Moment der Wahrheit

In diesem Augenblick zupfte jemand an Antons Umhang. Es war nur ein ganz leichtes Zupfen, aber es reichte aus, um ihn erschrocken herumfahren zu lassen. Vor ihm stand Anna. Sie hatte sich merkwürdig herausgeputzt – fast wie Olga!, dachte

Anton befremdet. Ihr kastanienbraunes Haar rahmte nicht wie sonst wild und ungekämmt ihr Gesicht ein – diesmal war es zu vielen kleinen Zöpfchen geflochten. Auch das dunkelrote Samtkleid, das sie trug, passte mit seinen Bändern und Schleifen und den aufgestickten Perlen und Pailletten überhaupt nicht zu ihr, fand Anton.

«Schnell, Anton! Komm!», beschwor sie ihn.

Ohne ein Geräusch zu machen, huschte sie davon, den Flur hinunter. Sie öffnete eine Tür zur Rechten und wartete, bis Anton bei ihr angekommen war. Dann drehte sie den Schlüssel herum, der in der Tür steckte, und machte Licht.

Anton blickte sich um. Sie standen in einem fensterlosen Raum, der offenbar als Kleiderkammer diente. Es gab eine Nähmaschine und einen Bügeltisch, und auf verchromten, mit Rollen versehenen Garderobenständern hingen Kostüme und Requisiten.

«In diesem Raum sind wir erst mal sicher», erklärte Anna. «Aber jetzt musst du mir sagen, was *du* hier machst, Anton!»

«Ich, äh –», begann Anton, um Zeit zu gewinnen. Auf keinen Fall durfte er etwas sagen, das Anna eifersüchtig auf Olga machen würde. «Ich bin hier, weil ich dich wiedersehen wollte!», sagte er.

«Du hattest Sehnsucht nach mir?» Sie schaute ihn an und lächelte innig.

Er räusperte sich. «Ja.»

Anna hatte ihr Parfüm «Mufti Ewige Liebe» benutzt, und der intensive Rosenduft ließ sein Herz schneller schlagen.

«Ich fand es auch schlimm, dass wir uns so lange nicht sehen konnten», sagte sie. «Aber Tante Dorothee hat uns bewacht wie eine Wölfin ihre Jungen, Rüdiger und mich.

Hätten wir doch nie das Blinde Stelldichein arrangiert!» Sie ballte ihre Hände zu Fäusten.

«Du meinst das Treffen von Tante Dorothee und Herrn Schwanenhals im Theater, bei der *Fledermaus*?»

Anna nickte. «Aber jetzt heißt er nicht mehr Herr Schwanenhals, jetzt heißt er Giselher der Geschmeidige. Und für Rüdiger, Lumpi und mich ist er *Onkel* Giselher», fügte sie grimmig hinzu.

Anton hatte ja bereits vermutet, dass Herr Schwanenhals der Ehemann von Tante Dorothee war, seit ihm wieder eingefallen war, dass der schon in seiner Tanzstunde den Gebrauch von Fremdwörtern untersagt hatte. Trotzdem lief es ihm eiskalt den Rücken herunter, als Anna nun seinen Verdacht bestätigte.

«Er hat sich zu einer richtigen Gruftplage entwickelt», schimpfte Anna. «Weil er keine Tanzschüler mehr hat, die er schikanieren kann, sind wir seine Opfer, Rüdiger und ich. Höfliches Benehmen, gewählte Aussprache, keine Fremdwörter, Ehrfurcht vor den Erwachsenen, bitte und danke sagen, auf eine gepflegte äußere Erscheinung achten, nicht reden, bevor du gefragt wirst … Mir reicht es!»

Sie hatte sich richtig in Wut geredet.

«Ganz schön fies von Schwanenhals!», sagte Anton.

Er selbst hatte auch keine guten Erinnerungen an den Tanzlehrer, dessen Unterricht vorwiegend aus Walzerschritten und hinterwäldlerischen Sprüchen bestanden hatte.

«Und eure Eltern lassen das zu?», fragte er nach einer Pause. «Es kann doch gar nicht in ihrem Interesse sein – ich meine, als Vampire –, wenn ihr gutes Benehmen und solche Sachen lernt.»

«Das hab ich auch gedacht», gab Anna ihm recht. «Aber Giselher hat meine Eltern und Großeltern und vor allem Tante Dorothee völlig umgekrempelt. Plötzlich bilden sie sich ein, die Stunden bei ihm wären genau das, was wir brauchen, Rüdiger und ich: Weil wir uns mit einem Menschen angefreundet haben … Weil wir Tee getrunken haben … Weil wir uns unter Menschenkinder gemischt und einfach nur Spaß gehabt haben … Ja, und weil wir jung sind und nicht alles so machen wollen wie unsere Eltern und Großeltern!»

Sie schniefte, und ein paar Tränen liefen ihre bleichen Wangen hinunter. Betreten wandte sich Anton ab.

«Aber dies ist die letzte Nacht, in der sie mich noch herumkommandieren können», hörte er gleich darauf Anna in ihrer gewohnten, kämpferischen Art sagen.

«Bei mir wird Onkel Giselher keinen Erfolg mit seiner Gehirnwäsche haben. Ab morgen mach ich Unterrichtsverweigerung!»

«Das gefällt mir», sagte Anton. «Ich mag dich so, wie du bist. Für mich musst du dich nicht verändern», ergänzte er mit einem Blick auf ihr Kleid.

«Ach, Anton. Wie lieb du das ausgedrückt hast!» Anna stellte sich auf die Zehenspitzen, und ehe Anton wusste, wie ihm geschah, hatte sie ihm einen Kuss auf die Stirn gedrückt.

Nun war er bestimmt dunkelrot geworden!

«Und wie findest du mich heute Abend?» Sie breitete die Arme aus und drehte sich mehrmals im Kreis herum.

Anton hüstelte. Dass Mädchen immer wissen wollten, wie man sie fand!

«Sehr … festlich.» Er kannte Anna lange genug, um eine gewisse Diplomatie gelernt zu haben.

«Festlich?» Sie verzog die Mundwinkel. Anscheinend entsprach das Wort nicht ihren Erwartungen. «Ist das alles?», fragte sie unzufrieden.

«Nein», sagte er. «Aber du weißt doch, wie ich dich finde.»

«Ich möchte es trotzdem von dir hören, immer wieder aufs Neue», sagte sie und lachte verschmitzt.

«Also, ich finde dich süß und bezaubernd und unglaublich mutig und –» Anton brach ab.

Er fürchtete, sich um Kopf und Kragen zu bringen, wenn

er nicht augenblicklich auf neutralen Boden zurückkehrte. «Was ist eigentlich ein Schlagabend?», wechselte er rasch das Thema.

Annas Miene verfinsterte sich. «Etwas, an dem du auf gar keinen Fall teilnehmen solltest», antwortete sie. «Aber wieso weißt du davon?», fragte sie dann. «War Rüdiger etwa bei dir?»

«Nein.»

«Lumpi?»

«Lumpi hat bei mir ans Fenster geklopft», sagte Anton. «Aber ich sollte ihm nur helfen, sich wieder mit Schnuppermaul zu versöhnen.»

«Wer hat dir dann von unserer Feier erzählt?», fragte Anna.

Anton holte tief Luft. Der Moment der Wahrheit war gekommen. «Olga. Sie hat mich eingeladen und –»

Ein Klopfen gegen die Tür unterbrach ihn. Dann ertönte die Stimme des kleinen Vampirs: «Anna? Bist du da drin? Wenn ja, lass mich rein!»

Anna lief zur Tür und drehte den Schlüssel herum. Rüdiger kam herein, und Anna verschloss die Tür wieder hinter ihm.

«Oh, Besuch ...», sagte der kleine Vampir, als er Anton erblickte. Ein Grinsen erschien auf seinem totenbleichen Gesicht. Schaudernd fiel Antons Blick auf seine leuchtend weißen Fangzähne.

Der kleine Vampir hatte seine Haare in der Mitte gescheitelt und mit Gel behandelt. Er trug einen angestaubten schwarzen Anzug, ein dunkelrotes Hemd und eine schwarze Fliege.

«Hat Anna dich schon in alles eingeführt?», fragte er und rieb sich kichernd die knochigen Finger.

«Hab ich nicht!», fauchte Anna.

Verwundert über Annas heftige Reaktion, blickte Anton zwischen den beiden hin und her.

«Ist Anton denn nicht deswegen hergekommen?», sagte der Vampir und ließ seine Zähne mehrmals langsam aufeinanderklicken – ein Geräusch, bei dem sich Anton die Haare sträubten.

«Ist er nicht!», sagte Anna.

«Ja, wozu *bist* du dann hier?», wandte sich der kleine Vampir an Anton.

«Ich bin hier, weil –» Anton zögerte.

Wenn er Olgas Einladung erwähnte, würde der kleine Vampir mit Sicherheit noch eifersüchtiger als Anna werden. Immerhin war Olga Fräulein von Seifenschwein seine «große Liebe» – allerdings eine völlig einseitige Liebe, denn sie nutzte Rüdiger nur aus.

«Er ist wegen Olga hier», sagte da Anna. «Sie hat ihn zu unserer Feier eingeladen.»

«Ist das wahr?» Der kleine Vampir baute sich vor Anton auf. «Nun red gefälligst!»

Anton schluckte. «Ja. Olga hat mir eine Einladung gegeben, auf der stand, dass ich sie unter keinen Umständen ablehnen darf.»

«Und wieso hat Olga ausgerechnet dich eingeladen?», fragte der Vampir.

«Weil *du* nicht da warst, vermute ich», antwortete Anton – ziemlich clever, wie er fand.

«Weil ich nicht da war? Was soll das heißen?»

«Na ja … du und Anna, ihr wart doch auf eurem Tiefenlehrgang. Und da hat Olga einen Ersatz gebraucht und mich eingeladen.»

Der kleine Vampir zupfte an seinem gelverklebten Haar und dachte nach. Dann lachte er krächzend.

«Ja, das leuchtet mir ein», sagte er. «Was kannst du auch sonst für Olga sein außer … Ersatz! Ersatz für mich, hihi!»

Er sah sich in der Kleiderkammer um. «He, wo sind hier die Hüte?», rief er. «Mit einem Hut wirke ich älter und reifer, und das wird Olga unter Garantie beeindrucken!»

Anna zeigte auf eine Holztruhe. «Ich würde mal in der Truhe nachgucken.»

Der kleine Vampir befolgte ihren Rat und fand einen staubigen, eingedellten Zylinder, den er sich glücklich lächelnd aufsetzte.

Anna lachte prustend los. Der kleine Vampir warf ihr einen frostigen Blick zu. «Wie seh ich aus?», fragte er Anton.

Anton verkniff sich ein Grinsen. «Eindrucksvoll.»

«Ehrlich?», sagte der Vampir geschmeichelt. «Und du lügst mich nicht an?»

«Warum sollte ich?» Gelogen hatte Anton tatsächlich nicht – nur verschwiegen, *wie* der Eindruck war, den Rüdiger mit dem verbeulten Zylinder machte: ziemlich lächerlich.

«Dann werde ich jetzt Olga suchen», kündigte der kleine Vampir an. «Würd mich nicht wundern, wenn dies die Nacht unseres Neubeginns wird, hihi!»

Eine alberne Melodie trällernd, ließ er sich selbst hinaus, und Anna schloss wieder hinter ihm ab.

Verschiedene Welten

«So ein Idiot, so ein armer, hirnverbrannter Idiot!», sagte Anna, als sie und Anton allein waren. «Und er merkt noch nicht mal, was für ein Biest Olga ist. Jeder sieht es – bloß Rüdiger nicht!»

Anton zog es vor zu schweigen. Für ihn war es nur gut, wenn sich der kleine Vampir um Olga kümmerte; dann würde sie ihn, Anton, in Ruhe lassen!

«Du hast mir noch immer nicht erzählt, was ein Schlagabend ist», sagte er.

Sie blickte Anton prüfend an. «Was hast du denn bisher darüber gehört?», fragte sie.

«Lumpi hat mir erzählt, dass Giselher der Geschmeidige heute Nacht seinen Vampirschlag bekommt und dass ihr aus dem Goldenen Pokal trinkt. Viel mehr weiß ich eigentlich nicht.»

Anna zögerte noch immer. Ein besorgter Ausdruck war in ihre Augen getreten, und ihr Lächeln war verschwunden.

«Es ist die Nacht der Letzten Verwandlung», sagte sie schließlich. «Sie wird Giselher zu dem machen, was er als sein Schicksal selbst gewählt hat und was nur er allein wählen konnte. Aber für seine Letzte Verwandlung braucht er den Beistand von uns allen.»

Anton runzelte die Stirn. Er war sich nicht sicher, ob er Annas Worte richtig verstanden hatte. Mit Herzklopfen fragte er: «Dann ... dann beißt Tante Dorothee ihn heute?»

«Das hat sie schon», sagte Anna. «Aber durch Tante Dorothees Biss allein kann Giselher kein Vampir werden.»

«Nicht?»

«Nein. Ihr Menschen glaubt immer, dass jeder, der von einem Vampir gebissen wird, automatisch auch ein Vampir wird.» Anna lachte leise. «Aber wenn das so wäre, würde es ja bald überhaupt keine Menschen mehr geben, sondern nur noch Vampire.»

«Hm, ja», sagte Anton. Darüber hatte er noch gar nicht nachgedacht.

«Und wie wird man *dann* zum Vampir?», fragte er.

Anna schaute ihn lange an. «Bedeutet deine Frage, dass du es dir nun doch überlegt hast?»

«Nein, das bedeutet sie nicht!», antwortete er hastig. Als er die Enttäuschung in ihrem Gesicht sah, sagte er etwas verbindlicher: «Ich bin vielleicht nicht mehr so strikt dagegen wie früher. Aber im Prinzip doch. Also, ich finde, wir sollten so bleiben, wie wir sind.»

Anna blickte ihn mit großen Augen an und sagte nichts.

«Ich weiß, wir leben in ganz verschiedenen Welten», fuhr Anton fort. «Aber das ist doch gerade das Besondere: dass wir trotz allem, was uns trennt, Freunde sein können!»

Für einen Moment sah Anna traurig aus. Aber dann lächelte sie wieder. «Du hast recht, Anton.»

Sie drehte sich zur Tür. «Ich muss gehen. Die Zeremonie wird gleich beginnen. Und du musst auf schnellstem Weg von hier verschwinden!»

«Du meinst –»

«– dass dein Leben in Gefahr ist, ja!»

«Aber ich hab mich doch geschminkt und verkleidet», entgegnete Anton. «Auf eurer Feier in Transsylvanien hat nicht mal Graf Dracula gemerkt, dass ich ein Mensch bin.»

«Ja, aber das war nur eine Wiedervereinigungsfeier», sagte sie. «Heute ist die Nacht der Letzten Verwandlung – die Nacht, in der es keine Geheimnisse gibt, keine Lügen, keine Täuschungen.»

Anton spürte, wie sich seine Kehle zusammenschnürte.

«Ich seh mich nach einer Fluchtmöglichkeit für dich um», versprach Anna. «Warte hier auf mich, Anton!»

«Ja», sagte er beklommen.

Als Anna gegangen war, schloss er die Tür wieder ab und machte zur Sicherheit auch noch das Licht aus. Dann versteckte er sich hinter einem Garderobenständer.

Der Fluch des Alters

Während Anton dort in der Dunkelheit kauerte und auf den schmalen Lichtstreifen unter der Tür starrte, hörte er Stimmen und Klavierspiel. Einmal näherten sich Schritte, aber sie gingen an seiner Tür vorbei, ohne anzuhalten. Dann lachte jemand – eine Frauenstimme –, doch mehr passierte nicht.

Antons innere Unruhe wuchs. Warum brauchte Anna so lange? Hatte Giselher sie abgefangen? Zwang er sie, irgendwelche Übungen zu machen? Und was sollte er tun, wenn Anna überhaupt nicht zurückkam?

Schließlich hielt Anton die Ungewissheit nicht mehr aus. Auf Zehenspitzen ging er zur Tür, schloss auf und spähte in den Flur. Niemand war zu sehen. Auf der linken Seite des Flurs konnte er die Tür zum Umkleideraum erkennen, durch die er vorhin mit Olga gekommen war. Wenn er es bis dorthin schaffte, war er gerettet!

Vorsichtig setzte Anton einen Fuß in den Flur. In diesem Augenblick erhob sich im Tanzsaal ein absolut höllischer Chor. Anton erstarrte. Doch dann begriff er, dass das Heulen und Brüllen, Kreischen und Johlen überhaupt nichts mit ihm zu tun hatte.

Er lief los. Da war die Tür, die ihn in die Freiheit führen würde ... Endlich, endlich hatte er sie erreicht! Anton drückte die Klinke herunter, machte einen großen Schritt und stand im Umkleideraum.

Es brannte kein Licht, aber durch das offene Fenster fiel Mondlicht auf die Fliesen. Anton schloss die Tür hinter sich und ging zum Fenster – als auf einmal neben ihm eine merkwürdig hohle Stimme sagte: «Ich weiß es zu schätzen, dass du mich abholen kommst, mein Junge!»

Er fuhr herum und sah eine kleine, zierliche Frau auf der Holzbank sitzen. Sie trug ein schwarzes Kleid, einen schwarzen Hut mit Federn und schwarze Handschuhe. Obwohl er ihr erst ein einziges Mal begegnet war, wusste er sofort, wer sie war: Elisabeth die Naschhafte, der Urururururvampir der Familie von Schlotterstein.

Sie hatte eine von Runzeln durchzogene Haut, stechende Augen, die in tiefen Höhlen lagen, eine Adlernase, eingefallene Wangen und einen scharfgeschnittenen Mund, aus dem zwei leuchtend weiße, fürchterlich lange und kräftige Vampirzähne ragten. Trotz ihres unübersehbar hohen Alters ging eine Kraft von ihr aus, die Anton lähmte und es ihm unmöglich machte, einen klaren Gedanken zu fassen.

Ja, als sie jetzt mit dem Krückstock, den sie in ihrer verkrümmten rechten Hand hielt, dreimal auf den Boden schlug und verlangte: «Nun hilf mir doch!», ging er zu ihr und ließ es willenlos geschehen, dass sie seinen Arm ergriff und sich daran in die Höhe zog. Bei dem Geruch nach feuchter, modriger Erde, den sie verströmte, schwanden ihm fast die Sinne.

Sein Blick wanderte zum Fenster – und ein Gefühl der Hoffnungslosigkeit überkam ihn, als ihm klar wurde, dass er soeben seine vermutlich einzige Chance zur Flucht verpasst hatte.

«Lass uns gehen!» An Antons Arm begab sich Elisabeth die Naschhafte in den Flur.

«Sind schon alle da?», fragte sie in vertraulichem Ton.

«Ich glaub ja», murmelte Anton.

Plötzlich schien ihr etwas einzufallen, denn sie blieb stehen und musterte ihn forschend. Im Schein der Flurlampe sah ihr Gesicht mit der pergamentdünnen Haut wie eine Maske aus – eine Totenmaske!, dachte er schaudernd.

«Du bist sicherlich von der anderen Seite?», sagte sie.

Ein eisiger Schreck durchzuckte Anton. Hatte sie gemerkt, dass er ein Mensch war – meinte sie das mit der «anderen Seite»?

«Äh, ja ...», sagte er zögernd.

«Und in welchem Verhältnis steht ihr zueinander?»

«In welchem Verhältnis?»

«Ja! Wie seid ihr miteinander verwandt, du und der neue Herzgemahl unserer lieben Dorothee?»

«Ach so –» Er atmete auf. Demnach hatte sie keinen Verdacht! «Wir sind nicht richtig verwandt», sagte er. «Herr Schwanen – nein, Giselher der Geschmeidige war mein Tanzlehrer.»

«Davon hab ich gehört. Er soll ein außerordentlich guter

Tänzer und ein noch besserer Lehrer sein.» Elisabeth die Naschhafte kicherte. «Schade, dass *ich* nicht mehr so geschmeidig bin. Jaja, das ist der Fluch des Alters. Davon wirst du zum Glück für immer verschont bleiben, mein Junge, denn du wirst ja niemals alt werden.» Vertraulich kniff sie Anton in die Seite. Er unterdrückte einen Schmerzensschrei.

«Wie heißt du eigentlich?», wollte sie wissen.

«I-ich?», stotterte Anton. Auf dem Vampirball im Jammertal hatte ihn der kleine Vampir als «Antonio Bohnsackio den Düsteren» vorgestellt. Und bei der Gruselnacht hatte er zu Wilhelm dem Wüsten gesagt, sein Name sei «Tommy Linsenbeutel».

Keinen dieser Namen wollte er heute Nacht benutzen, und so sagte er: «Benjamin. Benjamin von Bohnenstängel.»

«Benjamin von Bohnenstängel?» Elisabeth die Naschhafte nickte anerkennend. «Ein hübscher Name!»

Sie kniff Anton ein zweites Mal in die Seite. Anton musste die Lippen zusammenbeißen, um nicht aufzuschreien.

«Komm, Benjamin!», sagte sie und schritt an Antons Arm auf den Tanzsaal zu.

Eine große, glückliche Familie

Der schauerliche Chor war verstummt, aber die plötzliche Stille erschreckte und ängstigte Anton fast noch mehr. Wie es schien, warteten die Vampire auf etwas. Doch er hatte keine

Ahnung, was das sein mochte. Erst als Elisabeth die Naschhafte den Saal betrat, wusste er es.

«Sie ist da! Elisabeth die Naschhafte! Endlich ist sie hier! Die Letzte Verwandlung kann beginnen!», riefen die Vampire durcheinander.

Mit den Worten: «Danke, mein Junge. Nun brauch ich dich nicht mehr», ließ Elisabeth die Naschhafte Antons Arm los.

Dann bahnte sie sich ihren Weg durch die Menge. Jetzt wirkte sie überhaupt nicht mehr alt und gebrechlich, sondern stark und kraftvoll – wie man sich das Oberhaupt einer Vampirsippe vorstellte.

Glücklicherweise nahm niemand Notiz von Anton, der ein paar Schritte hinter ihr ging. Im Licht der Deckenstrahler, die ein mattes, gelbliches Licht verbreiteten, sah er sich beklommen um. Er schätzte die Zahl der Vampire im Saal auf vierzig. Alle waren ausgesprochen festlich gekleidet. Die Frauen trugen Ballkleider, die Männer Gehröcke und Anzüge, spitzenbesetzte Hemden und Halstücher. Einige Vampire hatten sich sogar altmodische, gepuderte Lockenperücken aufgesetzt.

Aber dass dies kein gewöhnliches Kostümfest war, machten die Fangzähne klar, die überall aufblitzten, und der grässliche Modergeruch, in den sich alle möglichen anderen Vampirdüfte mischten.

Vor dem Klavier blieb Elisabeth die Naschhafte stehen. Aufgeregt scharten sich die Vampire um sie. Anton stellte sich hinter die Säule, deren Spiegel mit schwarzer Plastikfolie umwickelt waren. Von hier aus konnte er verfolgen, was im Tanzsaal vor sich ging, ohne den neugierigen Blicken der Vampire ausgesetzt zu sein.

«Meine lieben Mitvampire», begann Elisabeth mit feierlicher Stimme. «Wir sind heute zusammengekommen, um die Letzte Verwandlung eines neuen Mitbruders zu begehen. Er trete vor!»

Aus dem Kreis der Vampire löste sich eine mittelgroße Figur, in der Anton ohne Schwierigkeiten seinen ehemaligen Tanzlehrer erkannte.

Wie immer wirkte Herr Schwanenhals – oder richtiger: Giselher der Geschmeidige – sehr adrett. Sein silberblondes Haar war sorgfältig gescheitelt, und er trug einen fleckenlosen schwarzen Anzug, ein schneeweißes Spitzenhemd und eine rote Krawatte, auf die mit weißem Garn ein Schwan gestickt war.

Anton fiel auf, wie dünn er geworden war. Ja, die eingesunkenen Wangen und die tiefen Furchen um den Mund ließen ihn um zehn Jahre gealtert erscheinen. Tiefe Schatten lagen um seine Augen, und seine Haut war aschfahl. Anton verkniff sich ein Grinsen: Zu einem dermaßen gruftig aussehenden Tanzlehrer hätte ihn seine Mutter niemals geschickt!

Nun lächelte Giselher, und da sah Anton, dass er noch überhaupt keine Vampirzähne hatte. Vermutlich war er deshalb so dünn geworden …

Wie es sich für einen Tanzlehrer gehörte, machte Giselher eine formvollendete Verbeugung vor Elisabeth der Naschhaften und gab ihr einen Handkuss.

«Werteste Elisabeth», sagte er salbungsvoll. «Es ist mir eine große Ehre, Ihnen leibhaftig gegenüberzustehen. Ich gelobe, alles in meiner Kraft Stehende zu tun, um Ihren alten Namen zu noch goldenerem Ruhm –»

«Warte!», unterbrach ihn Elisabeth die Naschhafte. «Warum sagst du Sie zu mir? Wir sind doch jetzt Familie – eine große, glückliche Familie!»

Giselher dem Geschmeidigen stieg eine leichte Röte ins Gesicht. «Entschuldigen Sie, wenn ich mich Ihnen in dieser Hinsicht nicht anschließen möchte. Aber bereits in meiner Tanzschule – der etwas anderen Tanzschule, wie ich sie zu nennen pflegte – standen Höflichkeit und gegenseitige Achtung im Mittelpunkt des Unterrichts. Und nichts fördert die Höflichkeit und die Achtung so sehr, wie wenn man sich mit Sie anspricht.»

«Hm, hm», machte Elisabeth. Der galante Vortrag von Giselher hatte sie offenbar beeindruckt. «Und wie ist es mit euch Eheleuten?», wollte sie wissen. «Sagst du zu deiner Angetrauten du oder Sie?»

Eine große, massige Frauengestalt gesellte sich zu den beiden. «Von Montag bis Mittwoch sagen wir Sie und von Donnerstag bis Sonntag du», verriet sie mit einem Schulmädchenkichern.

Es war Tante Dorothee. Sie hatte ihre ausladende Figur in ein schwarzes Seidenkleid gezwängt, das über und über mit roten Rosen bestickt war. Ihre Haare waren zu Korkenzieherlocken aufgedreht, und um ihren faltigen Hals lagen mehrere Goldketten.

«Interessant. Wirklich, sehr interessant», bemerkte Elisabeth.

Giselher der Geschmeidige räusperte sich. «Dürfte ich Sie um etwas bitten, beste Urahnin?»

«Nur heraus mit der Sprache», ermunterte sie ihn.

«Heute Nacht weilen mehrere Vampirkinder unter uns. Die Erziehung zweier dieser Vampirkinder wurde in meine erfahrenen Hände gelegt.» Giselher schlug sich wichtigtuerisch gegen die Brust. «Mein Unterrichtsziel ist es, diesen beiden Vampirkindern die Schönheit und Einzigartigkeit unserer *deutschen* Sprache zu vermitteln. Und deshalb meine Bitte an Sie, verehrte Urahnin: Lassen Sie alle Fremdwörter außen vor. Und auch Sie, meine werten Mitbrüder und Mitschwestern, bitte ich, ausschließlich deutsch zu sprechen», wandte er sich an die versammelten Vampire.

Vielstimmiges Murmeln erhob sich, das nicht nur zustimmend klang. In die allgemeine Unruhe hinein rief Elisabeth die Naschhafte: «Ist Dorothees neuer Ehegemahl nicht eine wundervolle Bereicherung unserer Sippe?»

«Das ist er!», posaunte Tante Dorothee.

«*Ich* spreche, wie mir der Schnabel gewachsen ist», murrte eine kleine, weißhaarige Vampirfrau in Antons Nähe.

«Dann lasst uns jetzt mit der Zeremonie beginnen», sagte Elisabeth die Naschhafte.

«Feier», verbesserte Giselher.

«Wie bitte?»

«Das sehr viel bessere *deutsche* Wort ist Feier.»

«Ach so, ja.» Elisabeth zog einen Fächer aus ihrer schwarzen Samttasche und fächelte sich Luft zu. Dann wandte sie sich an Giselher. «Würdest du so gut sein und uns einiges aus deinem früheren Menschenleben erzählen? Ich meine selbstredend nur die wichtigsten Details – äh, Verzeihung: Einzelheiten.»

Mehrere Vampire kicherten.

«Geboren wurde ich am sechzehnten Dezember als ältester Sohn des Caspar David Schwanenhals und seiner Ehefrau Josephine Amalie Friederike Rosalie Schwanenhals, geborene

Adler, in Schwerin», hob Giselher der Geschmeidige an. «Es war ein ungewöhnlich kalter und schneereicher Dezember, und meine armen Eltern hatten große Mühe, das nötige Feuerholz zu beschaffen, um unsere bescheidene Stube –»

Mehr bekam Anton von Giselhers Lebensgeschichte nicht mit, denn nun tauchte völlig unerwartet der kleine Vampir neben ihm auf.

«Bist du wahnsinnig geworden?», zischte der kleine Vampir. Er trug noch immer seinen zerbeulten Zylinder, und Anton musste sich zusammenreißen, um nicht zu lachen – obwohl ihm eigentlich nicht nach Lachen zumute war.

«Er *ist* wahnsinnig!», kicherte Olga, die jetzt hinter dem kleinen Vampir erschien. «Wahnsinnig süß ist er heute Abend, unser Anton!»

Eine dritte kleine Vampirgestalt kam dazu. Es war Anna.

«Anton!», stammelte sie und sah ihn bestürzt an. «Hab ich dir nicht gesagt, du sollst fliehen?»

«Anton will eben auch seinen Spaß haben», erwiderte Olga. «Aber von Spaß verstehst du ja nichts, du … Miesmacherin!»

«Ich bin überhaupt keine Miesmacherin!», fauchte Anna.

«Streitet euch nicht», sagte der kleine Vampir.

«*Ich* streite mich nicht.» Mit Unschuldsmiene rückte Olga ihre Schleife zurecht.

«Tust du wohl!» Anna schnaufte wütend. «Du hast gesagt, ich bin eine Miesmacherin.»

«Miesmacherin, Miesmacherin!!», wiederholte Olga und zeigte mit dem Finger auf Anna.

«Selber Miesmacherin.» Anna ballte kampfesbereit die Fäuste.

Aber bevor der Streit weiter eskalieren konnte, drehte sich ein älterer Vampir mit einem schütteren roten Haarkranz zu ihnen um.

«Seid endlich still!», knurrte er. «Oder wollt ihr, dass wir euch Vampirkinder von der Feier ausschließen?»

«Nein!», sagten Rüdiger, Olga und Anna wie aus einem Mund.

«Ja», sagte Anton – aber so leise, dass es niemand hörte.

«Was ist da drüben los?», ertönte nun die unheilvolle Stimme von Tante Dorothee.

«Giselhers Schüler ... sie zanken sich», antwortete der Vampir mit dem roten Haarkranz.

Anton erbleichte. Wie nicht anders zu erwarten, blickten nun sämtliche Vampire im Saal zu ihnen herüber! Er fühlte, wie ihm die Knie zitterten.

«Anna! Rüdiger! Kommt sofort hierher!», befahl Tante Dorothee.

Mit trotziger Miene setzte sich der kleine Vampir in Bewegung. Anna warf Anton noch einen zärtlichen Blick zu. Dann folgte sie ihrem Bruder.

Zum Totlachen

Olga packte Antons Hand. «Dracula sei Dank, die Nervensägen sind weg! Jetzt kann sich keiner mehr zwischen uns drängen.»

Anton versuchte, ihr seine Hand zu entziehen. Doch Olga hielt sie fest umklammert und ließ ihn nicht wieder los.

«Ist dir klar, dass ich sehr enttäuscht von dir bin?» Sie legte ihren Kopf schief und sah Anton halb belustigt, halb drohend an. Ihre Lippen hatte sie leicht geöffnet. Bestimmt machte sie das, damit er ihre Vampirzähne sehen konnte.

«Und womit hab ich dich enttäuscht?», tat er ahnungslos.

Den Griff ihrer eiskalten Hand zu spüren, war ihm äußerst unangenehm.

«Womit, womit!» Sie gab ein Fauchen von sich. «Tu nicht so ahnungslos! Ich war es, die dich zu unserer Feier eingeladen hat. Aber anstatt dankbar zu sein, hast *du* dich aus dem Staub gemacht!»

«Ich hab mich überhaupt nicht aus dem Staub gemacht», widersprach Anton. «Schließlich bin ich immer noch hier, oder etwa nicht?»

«Und wo warst du die ganze Zeit?»

«Ich … äh … musste mal.»

«Das hat so lange gedauert?»

Anton nickte.

«Tsss!», machte Olga – offenbar unschlüssig, ob sie ihm glauben sollte. «Und ich dachte, du wärst nach Hause geflogen, heim zu deiner Mutti, du, du … Muttersöhnchen!»

«Ich bin kein Muttersöhnchen. Außerdem ist meine Mutter gar nicht zu Hause, wie du weißt. – Und jetzt möchte ich, dass du meine Hand loslässt», fügte er hinzu.

Olga gehorchte – aber nur, um Antons andere Hand zu packen.

«Du wirst mir kein zweites Mal entwischen!», erklärte sie mit einem leisen, bösen Lachen.

Anton überlief ein kalter Schauer.

In diesem Augenblick verkündete Giselher der Geschmeidige: «Meine beiden Schüler, die entzückende Anna von Schlotterstein und ihr Bruder, der wackere Rüdiger von Schlotterstein, werden jetzt vorführen, was sie bei mir gelernt haben!»

«Rüdiger und Anna? Das wird bestimmt zum Totlachen», kicherte Olga. «Los, Anton, wir gehen näher ran!»

Sie zog ihn mit sich.

Mehrere Vampire klatschten erwartungsvoll in die Hände. Zwei davon kannte Anton: Es waren Hildegard die Durstige und Ludwig der Fürchterliche, die Eltern der Vampirkinder.

Doch Anna und Rüdiger rührten sich nicht. Mit ausdruckslosen Gesichtern standen sie rechts und links von Tante Dorothee.

«Nun fangen Sie doch endlich an!», sagte Giselher der Geschmeidige. «Sie, Anna, sprechen das Gedicht, das wir eingeübt haben, und danach tanzen Sie, Rüdiger, für uns den Spanischen Nächtetanz.»

Tante Dorothee versetzte Anna einen Stoß. Beinahe wäre Anna hingefallen. Sie warf Tante Dorothee einen finsteren Blick zu, dann reckte sie sich und zog ihr Kleid glatt.

«Vergessen Sie nicht den Knicks!», rief Giselher ihr zu.

Widerwillig machte Anna einen Knicks und begann:

«Das Glück auf dieser Welt,
man kriegt es nicht für Geld.
Es sind zwei Augen, die dich sehen,
es sind zwei Ohren, die dich verstehen.
Es sind zwei Hände, die dich halten,
im Warmen wie im Kalten.
Es ist die schöne Dorothee,
so rein und weiß wie der erste Schnee,
so zart und scheu wie ein Reh im August,
und damit kommt mein Gedicht zum Schluss.»

Anna hatte sonderbar leiernd gesprochen. Aber Anton hätte die fürchterlichen Zeilen auch nicht besser über die Lippen gebracht. Ja, es war das schlimmste Gedicht, das er jemals gehört hatte! Mit Sicherheit hatte Herr Schwanenhals – äh, Giselher der Geschmeidige persönlich es verbrochen.

Die Vampire klatschten Beifall, und der Tanzlehrer lächelte eitel. Sobald der Applaus verstummt war, zog er unter seiner Anzugjacke eine schon recht verwelkte rote Rose hervor und reichte sie Tante Dorothee. «Für dich, meine Liebe», sagte er. «Ich hoffe, das Gedicht hat dein Wohlgefallen gefunden.»

«Und ob», flötete Tante Dorothee. «Du bist nicht nur ein begnadeter Lehrer – du bist ein wahrer Poet, mein Lieber.»

Anton wunderte sich, dass die beiden «du» zueinander sagten; aber es war ja Donnerstag, fiel ihm dann ein.

«Und jetzt wird Rüdiger für uns den Spanischen Nächtetanz tanzen», kündigte Giselher der Geschmeidige an.

Tante Dorothee gab dem kleinen Vampir einen aufmunternden Schubs. Er schwankte, und der Zylinder fiel ihm vom Kopf. Olga lachte schadenfroh.

«Tanzen!», rief Giselher.

Aus den Taschen seines Anzugs holte der kleine Vampir zwei hölzerne Klappern. Es waren Kastagnetten, mit denen man in Spanien den Flamenco rhythmisch begleitete. Der kleine Vampir legte die Bänder der Kastagnetten über beide Daumen und schlug die wie Muscheln geformten Holzschalen gegeneinander. Sie erzeugten eine rasche Folge klackender Töne.

Während der kleine Vampir nun recht gekonnt die Kastagnetten spielte, machte er Hüpfer nach links und nach rechts, sprang in die Luft und schlug die Hacken zusammen. Besonders «spanisch» sah das alles nicht aus – eher wie der Kosakentanz, den Anton mal im Fernsehen gesehen hatte.

Trotzdem wurde die Tanzeinlage mit kräftigem Applaus bedacht. Sichtlich geschmeichelt hob der kleine Vampir den Zylinder vom Boden auf und stülpte ihn auf sein gelverschmiertes Haar. Dann suchte er Beifall heischend Olgas Blick. Doch sie drehte die Augen zur Decke.

«Vergessen Sie nicht, sich zu bedanken!», ermahnte ihn Giselher der Geschmeidige.

Der kleine Vampir machte eine Verbeugung und nuschelte: «Danke.»

«Ist das nicht traurig?», sagte Olga so laut zu Anton, dass es auch Rüdiger hören musste.

«Was?», fragte er.

«Wie Rüdiger sich herumkommandieren lässt. Völlig unmännlich!!»

Der kleine Vampir presste die Lippen zusammen, sagte jedoch nichts.

Die Herzblattparade

«Damit wären wir bei der Herzblattparade angekommen», ließ sich Elisabeth die Naschhafte vernehmen. «Wer von euch, meine lieben Mitvampire, möchte die Herzblattparade anführen?»

Sechs Hände fuhren in die Höhe.

«Nennt mir eure Gründe!», verlangte Elisabeth.

Ein alter Vampir mit einem Monokel sagte: «Meine Emma und ich haben uns vor vier Monaten wieder zusammengetan, nachdem wir einhundertachtundachtzig Jahre getrennt waren. Aus diesem Grund möchten *wir* gern die Herzblattparade anführen.»

«Hm, hm», machte Elisabeth die Naschhafte. «Und welches sind eure Gründe?», fragte sie das sehr jugendlich aussehende Vampirpaar, das sich ebenfalls gemeldet hatte.

«Igor und ich kennen uns zwar erst seit viereinhalb Wochen», sagte die junge Vampirfrau. «Aber wir sind schrecklich verliebt ineinander.» Sie kicherte.

«Ja, und deswegen möchten *wir* die Herzblattparade anführen», ergänzte ihr Vampirfreund.

«Und wir möchten die Herzblattparade aus Dankbarkeit für Julianes wundersame Rettung anführen», meldete sich eine große, dünne Vampirfrau zu Wort.

«Erzähl uns von Julianes wundersamer Rettung», forderte Elisabeth die Naschhafte sie auf.

Die große, dünne Vampirfrau drückte die Hand der kleinen, fülligen Vampirfrau in dem mitternachtsblauen Kleid, die neben ihr stand.

«Vor drei Wochen blieb Juliane in einem Schornstein stecken. Sosehr sie sich auch bemühte – es gelang ihr nicht, sich zu befreien. Aber dann ereignete sich in allerletzter Minute ein Wunder: Ein Autofahrer kam von der Straße ab und fuhr gegen das Haus. Vom Aufprall stürzte der Schornstein ein – und Juliane war frei. Gerade noch rechtzeitig, bevor die scheußliche Sonne aufging, erreichte sie unsere Gruft.»

«Das ist wirklich herzerwärmend», sagte Elisabeth die Naschhafte gerührt. «Insofern fällt mir die Entscheidung diesmal sehr leicht: Ihr beide, du und Juliane, werdet die Herzblattparade anführen. Und ihr, liebe Mitschwestern und Mitbrüder, sollt euch jeder den Vampir suchen, der eurem Herzen am nächsten steht», wandte sie sich an die restlichen Vampire.

Rundum beeilten sich die Vampire, ihren Partner oder ihre Partnerin zu finden.

Der Saal war von Rufen und Lachen erfüllt. Plötzlich tippte jemand Anton auf die Schulter. Er fuhr herum und blickte in ein kalkweißes Gesicht unter einer pechschwarzen Lockenperücke.

«Darf ich zur Herzblattparade bitten?», sagte der Vampir. Erst an der mal hoch, mal tief kieksenden Stimme erkannte Anton, dass es Lumpi war.

Lumpi trug einen schwarzen Gehrock über einem lila Rüschenhemd, Kniebundhosen aus braunem Leder, rote Strümpfe und Gamaschen.

«Du darfst *nicht* bitten!», erwiderte Olga und machte eine Bewegung mit der Hand, als würde sie eine lästige Fliege wegscheuchen.

«Ich hab aber nicht mit dir, ich hab mit Anton gesprochen.

Er steht meinem Herzen am nächsten», sagte Lumpi unbeeindruckt.

In gespielter Freundschaft legte er seinen Arm um Antons Schultern und wollte ihn zu sich heranziehen. Aber Olga dachte nicht daran, Antons Hand loszulassen. Und so zerrten beide an ihm.

«Au!», rief Anton.

«Wenn drei sich streiten, freut sich der Vierte», ertönte da die Stimme des kleinen Vampirs. Mit entschlossener Miene marschierte er auf Olga zu und packte sie am Oberarm.

«He! Was fällt dir ein?», protestierte sie. «Lass mich los!»

Doch der kleine Vampir ließ sich nicht beirren. Eine sich heftig sträubende Olga mit sich ziehend, verschwand er zwischen den erwachsenen Vampiren.

«Na, wunderbar», freute sich Lumpi. «Keine mehr da, die mir Anton streitig macht, haha!»

«Oh doch!», hörte Anton auf einmal die Stimme von Anna. «*Ich* werde mit Anton zur Herzblattparade gehen!»

«Ach, wirklich?» Lumpi grinste breit und klickte mit seinen Vampirzähnen. «Und du meinst, das erlaub ich?»

«Allerdings!», sagte Anna mit fester Stimme. «Und dir geb ich den Tipp, mal nach links zu gucken.»

Lumpi tat es und wurde noch bleicher.

Ein glatzköpfiger Vampir mit wulstigen Lippen und einem brutal wirkenden Kinn kam herangebraust – im wahrsten Sinne des Wortes, denn es war Jörg der Aufbrausende.

«Hier treibst du dich rum, Lumpi!», schnaubte er. «Kann es sein, dass du auf zwei Hochzeiten gleichzeitig tanzen willst?»

Dabei starrte er Anton an.

«Nein, nein», versicherte Lumpi rasch und ließ Anton los.

«Ich hatte nur etwas zu besprechen ... mit meiner kleinen Schwester.»

«Kleine Schwestern sind das Überflüssigste auf der Welt», sagte Jörg und kräuselte verächtlich die Lippen.

«Danke!», fauchte Anna.

«Bitte.» Jörg der Aufbrausende packte Lumpi im Genick und schob ihn vor sich her, in Richtung Saalmitte.

«Gehen wir?», sagte Anna zu Anton.

«Zur Herzblattparade?», fragte er unbehaglich.

«Ja! Du und ich in der Herzblattparade ... davon träum ich schon seit Wochen, Anton!» Anna schaute ihn mit einem zärtlichen Lächeln an.

Er schluckte. «Und warum wolltest du dann, dass ich fliehe?»

«Weil es nicht darauf ankommt, was ich mir wünsche, sondern was für dich das Beste ist», sagte Anna. «Und nun komm!»

Musik setzte ein: Flöten und Geigen spielten, und ein Chor aus weiblichen Stimmen sang. Sie erinnerte Anton an die Musik, die er auf seiner Reise durch Transsylvanien gehört hatte. Woher sie kam, hätte er allerdings nicht sagen können.

Die Paare verneigten sich voreinander, dann fassten sie sich bei den Händen und begannen durch den Saal zu flanieren. Die große, dünne Vampirfrau mit den kurzen grauen Haaren und die kleine, füllige Juliane führten die Parade an, gefolgt von Tante Dorothee und Giselher dem Geschmeidigen.

Anton und Anna gingen ziemlich am Ende der Parade, hinter Wilhelm dem Wüsten und Sabine der Schrecklichen. Beklommen sah Anton sich um. Aber niemand beachtete ihn.

Alle Vampire waren mit ihrem jeweiligen Herzblatt beschäftigt.

Nachdem die Paare zum Klang der Musik den Saal mehrmals umrundet hatten, löste sich die Herzblattparade wieder auf. Nun bildeten die Vampire eine lange Schlange vor Elisabeth der Naschhaften.

Ebenso rätselhaft wie sie begonnen hatte, verstummte die Musik.

Das Schwert Mjerkur

Mit dem Verklingen der Musik war die Temperatur im Tanzsaal dramatisch gefallen. Anton bemerkte, wie ihm vor Kälte die Zähne klapperten. Er schlang die Arme um sich, damit ihm wärmer wurde. Auch das Licht hatte sich verändert, stellte er fest: Von einem warmen gelblichen Schein war es zu einem kalten, silbrigen Licht gewechselt.

Elisabeth die Naschhafte blickte den Vampiren mit ruhiger, gefasster Miene entgegen. Obwohl sie nicht sehr groß war, ging etwas Majestätisches von ihr aus. Es war, als könnte man all die Erfahrungen, die sie in Hunderten von Jahren hatte sammeln können, und all die Weisheit, die sie dabei erworben hatte, von ihrem hageren Gesicht ablesen, dachte Anton.

Dasselbe schien der Vampir mit dem struppigen grauen Bart zu empfinden, der sich jetzt hochachtungsvoll vor Elisabeth verneigte. Dann reichte er ihr ein Schwert. Anton musterte die geschliffene Stahlklinge und den lederumwickelten Griff und spürte ein starkes körperliches Unwohlsein. Waren die dunklen Flecken auf der Klinge etwa Blut, menschliches Blut?

Nervös trat er von einem Fuß auf den anderen.

«Steh still!», flüsterte Anna ihm warnend zu. «Beim Anblick von Mjerkur müssen wir in Ehrfurcht erstarren. Wenn du dich bewegst, sieht jeder, dass du nicht zu uns gehörst.»

Anton blieb stocksteif stehen.

«Wer ist Mjerkur?», fragte er flüsternd.

«Das Schwert der Letzten Verwandlung.»

Nun trat das erste Vampirpaar vor Elisabeth die Naschhafte hin. Diesmal waren es nicht Juliane und ihre große, dünne Partnerin, sondern zwei alte Vampire, der eine mit einer roten Perücke, der andere mit einer braunen.

Angsterfüllt sah Anton zu, wie Elisabeth das Schwert hob. Aber dann tippte sie jedem Vampir nur mit der Schwertspitze gegen die Brust – dorthin, wo das Herz saß. Danach erhielt jeder einen Schlag auf die Schulter, zuerst auf die linke, dann auf die rechte.

Nachdem das geschehen war, bedankten sich die beiden Vampire mit einer tiefen Verbeugung.

Als Nächstes traten eine knochige Vampirfrau und ein älterer, recht zerknittert aussehender Vampir vor Elisabeth die Naschhafte hin. Sie wiederholte dieselbe Prozedur: den Stoß in die Herzgegend, gefolgt von Schlägen auf die linke und die rechte Schulter.

«Ist das der Vampirschlag?», flüsterte Anton.

«Nein, das ist der Erinnerungsschlag», sagte Anna. «Er soll uns an unseren eigenen Vampirschlag erinnern.»

Zwei weitere Paare hatten in der Zwischenzeit ihren Erinnerungsschlag bekommen. Nun war die Reihe an Lumpi und Jörg dem Aufbrausenden. Lumpi machte ein betont gelangweiltes Gesicht, während Jörg ihn noch immer am Kragen festhielt. Wahrscheinlich fürchtete Jörg, sein Herzblatt würde versuchen, ihm zu entwischen.

Auf Lumpi und Jörg folgten Hildegard die Durstige und Ludwig der Fürchterliche, Sabine die Schreckliche und Wilhelm der Wüste, die Großeltern der Vampirkinder, und mehrere Vampire, die Anton nicht kannte.

Dann traten Rüdiger und Olga vor. Der kleine Vampir hatte Olga untergehakt und machte ihr auf diese Weise jede Flucht unmöglich. Er konnte allerdings nicht verhindern, dass Olga sich zu Anton umdrehte und ihm eine Kusshand zuwarf.

«Für diese Respektlosigkeit müsste Olga von der Letzten Verwandlung ausgeschlossen werden!», sagte Anna grimmig.

Doch wie immer kam Olga ungestraft davon. Elisabeth die Naschhafte tat, als hätte sie nichts gesehen, und gab zuerst dem kleinen Vampir und danach Olga den Erinnerungsschlag. Olga machte einen übertrieben tiefen Hofknicks – und dann warf sie Anton eine weitere Kusshand zu.

«So eine Ziege!», fauchte Anna.

Das Paar, das vor Anton und Anna gestanden hatte, stand nun vor Elisabeth der Naschhaften. Anton spürte, wie seine Angst in Panik umschlug.

«Und was passiert, wenn Elisabeth *mir* den Erinnerungsschlag gibt?», fragte er mit zitternder Stimme. «Glaubst du, ich könnte dadurch auch … Vampir werden?»

«Selbst wenn du es wolltest – nein», antwortete Anna.

«Aber irgendwas wird der Schlag doch bei mir bewirken!», sagte Anton beklommen.

«Er wird dein Blut kräftigen. Und das ist ja nichts Schlechtes, oder?»

«Hm, wenn du meinst …»

«Was ist mit euch beiden?», rief da Elisabeth die Naschhafte zu ihnen herüber. «Worauf wartet ihr noch?»

Mit ihren langen, krallenartigen Händen winkte sie Anna und Anton. Als Anton sich nicht rührte, zog Anna ihn am Ärmel mit sich.

Ja, und dann stand er vor Elisabeth der Naschhaften und Mjerkur, dem Schwert der Letzten Verwandlung! Schaudernd sah er zu, wie Elisabeth ihren Arm hob und mit der Klingenspitze auf seine Brust zielte. Immer näher kam der blitzende Stahl …

Plötzlich spürte Anton einen Stoß. Sein Herz machte einen Sprung, gleich darauf klopfte es wie rasend. Eine Flut von Bildern brach über ihn herein. Es war wie ein Film, der in aberwitziger Geschwindigkeit rückwärts lief. Beginnend bei der Nacht der Letzten Verwandlung, durchlebte Anton noch einmal sämtliche Begegnungen mit den Vampiren – bis zurück zu jenem Abend, als er und der kleine Vampir sich kennengelernt hatten.

In seinen Ohren sauste es, und er hatte das Gefühl, die Besinnung zu verlieren. Wie durch eine Nebelwolke sah er Elisabeth mit der Klinge des Schwertes Mjerkur seine linke Schulter berühren, dann seine rechte.

Eine Hitzewelle durchströmte seinen Körper. Er schwankte und rang nach Luft. All dies dauerte jedoch nur einen Augenblick. Die Hitzewelle verebbte, und Anton kam wieder zu

sich. Jetzt fühlte er sich seltsam gelöst und gestärkt. War das die «Kräftigung» seines Blutes, von der Anna gesprochen hatte?

«Wir müssen uns bedanken», hörte er Anna flüstern.

Sie machte eine Verbeugung. Noch immer ziemlich durcheinander, folgte Anton ihrem Beispiel.

Nehmt eure Plätze ein!

«Ist alles in Ordnung, Anton?», fragte Anna besorgt.

Sie und Anton hatten sich hinter das Klavier gestellt; so waren sie nicht im unmittelbaren Blickfeld der Vampire.

«Ja», sagte Anton. Um sicherzugehen, dass wirklich alles in Ordnung war, hatte er mit der Zungenspitze die Länge seiner Eckzähne kontrolliert. Sie war unverändert – genau, wie er erwartet hatte.

Er sah hinüber zu Elisabeth der Naschhaften, vor der jetzt das letzte Paar stand: Tante Dorothee und Giselher der Geschmeidige.

Doch anders als bei den Paaren davor senkte Elisabeth das Schwert Mjerkur.

Dann sagte sie mit getragener Stimme: «Dorothee und Giselher! Die Nacht der Verwandlung hat begonnen. Seid ihr gewillt, die Zeremonie bis zu ihrem Ende durchzustehen?»

Dorothee und Giselher wechselten einen Blick. Dann räusperte sich Giselher.

«Ja – mit einer Bitte.»

«Und die wäre?»

«Feier», sagte Giselher. «Wenn wir von Feier sprechen könnten, wäre ich mit allem einverstanden.»

«So sei es. Seid ihr gewillt, die *Feier* bis zu ihrem Ende durchzustehen?»

«Ja», antwortete Dorothee.

«Ja», sagte Giselher.

«Dann nehmt eure Plätze ein!»

Die Vampire bildeten eine Gasse, durch die Dorothee und

Giselher zu dem ungewöhnlich großen Sarg gingen, der im hinteren Teil des Tanzsaals stand.

Das einzige Licht dort kam von Kerzen.

Anton hatte den Sarg schon früher bemerkt und weiche Knie bekommen.

Es war ein prunkvolles Exemplar mit reichen Schnitzereien und goldenen Griffen, aber eben doch ... ein Sarg. Vermutlich würde er sich nie an diesen Anblick gewöhnen!

Etwas umständlich stieg Dorothee in den Sarg. Giselher glitt, seinem Beinamen entsprechend, geschmeidig hinein. Der Sarg schien als Ruhestätte für zwei angefertigt worden zu sein. Vielleicht war es eine Art Vampir-Hochzeitssarg?, überlegte Anton.

«Lass uns näher herangehen», flüsterte Anna.

«Und warum?», sagte er abwehrend.

«Wenn wir hierbleiben, sehen wir nichts.»

Anton war sich nicht sicher, ob er wirklich mehr sehen wollte. Aber er ging hinter Anna her.

Die Vampire hatten einen Halbkreis um den Sarg gebildet. Anna und Anton stellten sich neben das jungverliebte Vampirpaar, das nur Augen füreinander hatte. Angstvoll spähte Anton ins Innere des Sargs. Doch Dorothee und Giselher lagen ganz friedlich nebeneinander, die Köpfe auf Samtkissen gebettet, und lächelten sich zu.

«Anna?», rief da Elisabeth die Naschhafte.

Anna zuckte zusammen. «Ja?»

«Unter allen Vampiren, die heute Abend hier versammelt sind, hat deine Tante Dorothee *dich* ausgewählt, an ihrem Kopfende zu stehen», verkündete Elisabeth. «Eine wunderbare Auszeichnung für dich, mein Kind!»

Olga gab ein verärgertes Zischen von sich. Natürlich glaubte sie, diese Auszeichnung würde nur einer gebühren: ihr selbst.

Doch Anna wirkte gar nicht erfreut. Eher zögerlich stellte sie sich am Kopfende von Tante Dorothee auf.

Mit sehr gemischten Gefühlen blieb Anton zurück. In Annas Gegenwart hatte er sich relativ sicher gefühlt – trotz der Vampire rundum, trotz des Schwertes Mjerkur und trotz der Zeremonie, die gleich beginnen würde. Aber jetzt war er wieder ganz auf sich allein gestellt.

«Und dich, Rüdiger, hat Giselher der Geschmeidige ausgewählt, an seinem Kopfende zu stehen», hörte er Elisabeth die Naschhafte sagen. «Ich hoffe, du bist dir der Ehre bewusst – und des Vertrauens, das Giselher damit in dich gesetzt hat.»

«Äh – ja», stotterte der kleine Vampir, der fast noch unglücklicher als Anna wirkte, denn nun musste er Olga loslassen und sich ans Kopfende von Giselher begeben.

Skrupellos, wie es ihre Art war, kam Olga geradewegs zu Anton. «Hallo!», sagte sie mit einem verlogenen Lächeln.

Er gab keine Antwort.

«Sprichst du nicht mehr mit mir?», spielte sie die Beleidigte.

«Doch», knurrte er. «Aber nur, wenn es etwas zu besprechen gibt.»

Sie kicherte. «Wir beide werden viel zu besprechen haben, glaub mir.» Und ehe Anton wusste, wie ihm geschah, packte sie ihn bei der linken Hand. «Sehr viel sogar!»

Anton versuchte, ihr seine Hand zu entziehen – doch vergeblich.

Elisabeth die Naschhafte hatte das Schwert Mjerkur hoch

über ihrem Kopf in die Luft erhoben. So hielt sie es, ohne zu zittern, ohne zu wanken. Anton konnte sich nur über die Kraft wundern, die in ihren mageren Armen und ihren schmalen Schultern steckte.

Wie auf ein Zeichen hin begannen die Vampire zu singen. Eigentlich war es nicht wirklich ein Singen, eher ein Summen, Brummen, Kreischen und Krächzen aus vierzig oder noch mehr heiseren Kehlen – anders als alles, was Anton jemals zuvor gehört hatte. Da er nicht auffallen wollte, stimmte er mit ein und summte, brummte, kreischte und krächzte so gut er konnte.

Der Gesang der Vampire hatte etwas Hypnotisches. Anton überkam eine bleierne Müdigkeit. Auf einmal war er sogar dankbar, dass Olga sein Handgelenk umklammerte, denn der feste Griff hielt ihn wach.

Nachdem Elisabeth zwei Kreise in der Luft beschrieben hatte, die wie eine liegende Acht aussahen, ließ sie das Schwert Mjerkur wieder sinken.

Der Gesang brach ab. Nun war es still, grabesstill.

Die Letzte Verwandlung

Anton sah, wie sich der Vampir mit dem struppigen grauen Bart vor Elisabeth der Naschhaften verbeugte. Sie gab ihm das Schwert Mjerkur. Nach einer weiteren Verbeugung zog sich der Vampir wieder zurück, blieb jedoch wenige Schritte von Elisabeth entfernt abwartend stehen.

Nun holte Elisabeth die Naschhafte eine Kristallkugel aus ihrer Samttasche und hielt sie in die Höhe. Die Kugel begann zu leuchten und verströmte ein intensives tiefrotes Licht. Gleichzeitig gingen wie durch Geisterhand sämtliche Lichter im Tanzsaal aus.

Während Anton sich beklommen umsah, durchzuckte ihn der Gedanke, dass die Vampire in dem tiefroten Licht überhaupt nichts Menschliches mehr an sich hatten. Ja, selbst Anna und Rüdiger wirkten fremd und unheimlich.

Musik setzte ein, und auch diesmal konnte Anton nicht ausmachen, woher sie kam. Seltsame, unirdisch klingende Stimmen wurden von Instrumenten begleitet, die langgezogene, düstere Töne erzeugten.

Mit feierlicher Miene legte Elisabeth die Kristallkugel an das Fußende des Sargs. Dorothee und Giselher rührten sich nicht. Ihre Augen blickten unbeweglich und sonderbar entrückt geradeaus, als ob sie sich in Trance befänden. Auch Anna und Rüdiger schienen nichts um sich herum wahrzunehmen.

Der Vampir mit dem struppigen grauen Bart trat wieder vor und verbeugte sich. Anschließend gab er Elisabeth das Schwert Mjerkur.

«Dies ist die Nacht der Letzten Verwandlung, in der Giselher der Geschmeidige seine menschliche Hülle für immer ablegen will. Ergebenst bittet er dich um deinen Beistand, mächtiges Schwert Mjerkur», wandte sich Elisabeth die Naschhafte nun zu Antons Verwunderung an das Schwert.

Eine Pause trat ein.

Dann meldete sich eine metallisch klingende Stimme zu Wort: «Der Wunsch sei ihm gewährt.»

Nachdem das Schwert Mjerkur gesprochen hatte, geschah das Fürchterlichste, was Anton jemals erlebt hatte, doch er konnte seinen Blick nicht von dem entsetzlichen Geschehen abwenden: Mit aller Kraft stieß Elisabeth die Naschhafte das Schwert in Giselhers Brust. Giselher röchelte, bäumte sich im Sarg auf und seufzte noch einmal, dann begann seine Letzte Verwandlung. Immer stärker veränderte sich sein Gesicht, wurde mehr und mehr zu einer gruseligen Fratze, bis schließlich nur noch ein Totenschädel auf dem Samtkissen lag.

Anton fühlte sich vor Schreck und Angst ganz schwach auf den Beinen, doch Olga lachte leise und drückte sein Handgelenk, bis es schmerzte. Er stöhnte auf. Elisabeth ergriff Dorothees linke Hand.

«Durch deinen Biss hast du, Dorothee, für Giselher das Tor zu unserer Welt aufgestoßen», sagte sie. «Jetzt musst du Giselher von deinem eigenen Blut geben, damit er durch dieses Tor, das keine Rückkehr kennt, hindurchschreiten kann. Bist du zu diesem Opfer bereit, Dorothee?»

«Ich bin bereit», antwortete Dorothee.

Mit der Schwertspitze ritzte Elisabeth die Naschhafte Dorothees Handfläche und reichte dem bärtigen Vampir das Schwert. Dann führte sie Dorothees Hand zu Giselhers Herz und presste Wunde auf Wunde.

Die Vampire seufzten und stöhnten, ächzten und heulten. Elisabeth gebot ihnen zu schweigen.

«Giselher!», sprach sie. «Der Moment deiner Letzten Verwandlung ist gekommen. Sag uns nun: Ist es dein eigener freier Wille, dich unserem dunklen Stamm anzuschließen?»

Die Kiefer des Totenschädels bewegten sich, und Giselhers Stimme, die jetzt schauerlich und hohl klang, sagte: «Es ist … mein eigener … freier Wille.»

«Wiederhole deine Entscheidung», sagte Elisabeth. «Du weißt, dass du sie dreimal sprechen musst.»

«Es ist … mein eigener … freier Wille», schnarrte die Stimme.

«Du musst es noch ein drittes Mal sagen», verlangte Elisabeth die Naschhafte.

«Sag es! Sag es!», spornten die Vampire Giselher an.

Doch diesmal ertönten nur zischelnde Laute.

Tante Dorothee richtete sich im Sarg auf. «Sag, dass es dein eigener freier Wille ist, Giselher», beschwor sie den Totenschädel. «Ich flehe dich an: Sag es! Sag es jetzt!»

«Es ist … mein eigener … freier … Wille», röchelte er ein letztes Mal.

Im Tanzsaal herrschte vollkommene Stille. In diese Stille hinein begann etwas zu klopfen, zuerst zart und schwach, dann immer kräftiger. Es war ein Herz, das da schlug – Giselhers Herz!

Langsam kehrte das Leben in Giselher zurück. Nicht lange, und Giselher der Geschmeidige sah genauso aus wie zu Beginn seiner Letzten Verwandlung. Nein, stellte Anton schaudernd fest, etwas hatte sich verändert: Aus seinem Oberkiefer ragten nun zwei lange, leicht gebogene Vampirzähne!

Elisabeth nickte dem bärtigen Vampir zu, daraufhin reichte er Anna das Schwert. Sie schien wie aus tiefem Schlaf zu erwachen.

«Anna!», sagte Elisabeth die Naschhafte. «Jetzt kannst du beweisen, dass du ein vollwertiges Mitglied unserer Sippe geworden bist.»

Anna warf Anton einen raschen Blick zu. Olga, die noch immer Antons Handgelenk umklammerte, gab ein Fauchen von sich.

«Folge deiner Natur, Anna, deiner wahren Natur!», sagte Elisabeth die Naschhafte.

Anna beugte den Kopf, und zu Antons Entsetzen begann sie das Blut von der Schwertspitze abzulecken.

Die umstehenden Vampire schmatzten und seufzten.

«Sehr gut», lobte Elisabeth die Naschhafte. «Und jetzt du, Rüdiger!»

Anna gab das Schwert an ihren Bruder weiter.

Ohne zu zögern, leckte der kleine Vampir das restliche Blut von der Spitze der Klinge ab. Dann gab er das Schwert an den bärtigen Vampir zurück, und auch der fuhr mit seiner Zunge noch einmal gierig über die Klinge.

Anton hatte das Gefühl, sich übergeben zu müssen.

«Und nun wollen wir Giselhers Letzte Verwandlung feiern!» Elisabeth die Naschhafte breitete ihre Arme aus. Die Vampire begannen zu jauchzen und zu kreischen.

«Du hast uns davon überzeugt, dass du ein vollwertiges Mitglied unserer Sippe geworden bist, Anna!» Elisabeth nickte Anna zu und lächelte. «Als Zeichen meiner besonderen Anerkennung sollst *du* es sein, die mir den Goldenen Pokal reicht.»

Das waren die letzten Worte, die Anton hörte. Danach wurde alles um ihn herum schwarz.

Jetzt gehörst du mir

Anton wollte die Augen öffnen, aber seine Lider waren schwer wie Blei. Es gelang ihm auch nicht, richtig wach zu werden. Er hatte das Gefühl, auf einer Wasserfläche dahinzutreiben, die sich bis in die Unendlichkeit dehnte. Alles an ihm fühlte sich weich und schlaff an, ohne Kraft, ohne eigenen Willen.

Und da war ein Schmerz, ein dumpfer Schmerz, stellte er jetzt fest. Sein Hals ... an seinem Hals war der Schmerz. Jemand hielt sich an seinem Hals fest und ... saugte!

Mit allergrößter Anstrengung schaffte Anton es nun doch, die Augen zu öffnen. Wie durch einen dicken, grauen Nebel erblickte er eine Gestalt, die sich über ihn beugte. Die Gestalt hatte halblange silberblonde Haare, die von einer rosa Schleife gekrönt wurden.

«Olga!», schrie er auf.

Der Schrei weckte ihn aus seiner Erstarrung, und mit einer heftigen Bewegung stieß er Olga von sich weg. Sie kreischte und fauchte. Voller Entsetzen sah er, dass ihr Mund blutverschmiert war. Er fasste sich an den Hals und spürte etwas Warmes, Klebriges. Es war Blut, sein eigenes Blut ...

Anton musste aufs Neue die Besinnung verloren haben, denn als er zu sich kam und blinzelnd die Augen aufschlug, sah er Olga in einigen Schritten Entfernung von sich. Nun erkannte er auch, wo er war: in der Kleiderkammer. Olga musste ihn hierhergebracht haben. Oder war er selbst hergekommen und hatte es nur vergessen?

Ein triumphierender Ausdruck lag auf Olgas Gesicht. Ihre Lippen waren tiefrot, aber nicht länger blutverschmiert.

«Jetzt gehörst du mir, Anton Bohnsack!», frohlockte sie. «Du wirst dich in einen Vampir verwandeln, und gemeinsam werden wir durch die Welt ziehen – wir, zwei Kinder der ewigen Nacht!»

«Niemals ...» Anton stöhnte.

«Du wirst schon noch auf den Geschmack kommen – wenn du erst mal selbst Blut geleckt hast!» Olga kicherte. «Stell dir vor, wie frei du sein wirst. Du kannst tun und lassen, was du willst – nein, was *ich* will», korrigierte sie. «Ab jetzt bin ich deine Meisterin, denn durch mich bist du zum Vampir geworden. Du musst mir gehorchen, bis ich genug von dir hab. Danach kannst du dich von mir aus mit Anna, dieser Miesmacherin, zusammentun. Oder mit Rüdiger, dem langweiligsten Vampir aller Zeiten. Aber bis dahin gehörst du mir! Hast du das kapiert?»

«Nein», sagte Anton matt.

Die beiden Bissstellen an seinem Hals hatten aufgehört zu bluten, merkte er, als er sie vorsichtig abtastete. Aber sie brannten wie Feuer. Ein furchtbarer Gedanke durchschoss ihn. «Bin ich jetzt ... tot?»

«Tot?» Olga lachte verächtlich. «Das Wort ist ohne jede Bedeutung für uns.»

«Bin ich denn noch ... ein Mensch?», fragte er mit zitternder Stimme.

«Das spielt keine Rolle», sagte Olga. «Denn wir werden die Letzte Verwandlung gleich vornehmen, drüben im Tanzsaal. Das Schwert Mjerkur wird sehr erfreut sein, wenn es nach seiner langen Ruhepause heute Nacht gleich zweimal zum Einsatz kommt!»

Anton fröstelte. Überdeutlich stand ihm vor Augen, wie

Elisabeth die Naschhafte das Schwert in Giselhers Brust gestoßen hatte und wie sich Giselhers Kopf vor den Augen der versammelten Vampire in einen Totenschädel verwandelt hatte. Erwartete ihn jetzt dasselbe Schicksal? Und würde ihm Olga – denn sie war es ja gewesen, die ihn gebissen hatte – danach von ihrem Blut geben? Und würde er dann, genau wie Giselher der Geschmeidige, Vampirzähne haben? Bei dieser Vorstellung sträubten sich Anton die Haare.

«Du musst bloß daran denken, dreimal die richtige Antwort zu geben, wenn Elisabeth die Naschhafte dich fragt», hörte er Olga sagen. «Dreimal musst du antworten: Es ist mein eigener freier Wille.»

Anton blieb stumm.

«Wenn du es aber nur einmal oder zweimal sagst –» Olga machte eine bedeutungsvolle Pause, in der sie mit dem Saum ihres Kleides spielte. «Was glaubst du wohl, was in dem Fall mit dir passiert?»

«Keine Ahnung», murmelte er.

«Du glaubst wahrscheinlich, du kannst zu deinen Eltern zurückgehen und genauso weiterleben wie vorher! Hab ich recht?»

«Hm, weiß nicht.»

«Aber das kannst du *nicht*! Wenn du deine Chance verpasst, bleibt nur ein Häuflein Asche von dir übrig, jawohl!», sagte Olga.

Anton stöhnte leise. Wenn er sich doch nicht so elend fühlen würde, so matt und ausgelaugt! Nein, ausgesaugt ... Es war, als hätten ihn all seine Kräfte verlassen – seine körperliche Kraft, die es ihm ermöglichte, seine Glieder zu gebrauchen, aufzustehen, ja vielleicht sogar zu fliehen. Aber ebenso fehlte es ihm an innerer Kraft – der Kraft, einen Entschluss oder auch nur einen halbwegs klaren Gedanken zu fassen.

Er versuchte aus seiner merkwürdig liegenden Haltung herauszukommen. Olga hatte offenbar einen Haufen von Kostümen auf den Boden geworfen. Jedenfalls war es das, worauf Anton lag: ein Kleiderberg. Aber er war zu schwach, um sich zu erheben.

Olga kicherte. «Ich weiß noch, wie es bei mir war, als mich mein Vetter Ladislaus der Wilde gebissen hatte, damals in unserem Schloss in Transsylvanien. Die ganze Nacht bin ich nicht wieder auf die Füße gekommen. Aber er war auch wirklich ein Wilder, mein Vetter Ladislaus. Bei dir wird es bestimmt nicht so lange dauern. Und wenn wir dich links und rechts unterhaken, Rüdiger und ich, dann dürfte es gar kein Problem sein, dich in den Tanzsaal zu schaffen.»

Sie lief zur Tür und zog den Schlüssel ab. «Warte hier!», befahl sie. «Ich bin gleich wieder da.»

Dann schloss sie die Tür hinter sich, und Anton hörte, wie sie von außen den Schlüssel herumdrehte.

Er machte noch einen Versuch aufzustehen. Doch sofort begann es sich vor seinen Augen zu drehen, und er verlor wieder die Besinnung.

Eine Schande für die ganze Sippe

Anton fand sich auf einer scheinbar grenzenlosen, völlig flachen Ebene wieder. Und er lief – lief um sein Leben! Etwas verfolgte ihn, aber er wagte nicht, sich umzudrehen. Der Erdboden war mit großen, leuchtend weißen Knochen übersät, und er ahnte, dass seine Knochen ebenso in der Sonne bleichen würden, falls ihn sein Verfolger einholte.

«Schneller, schneller, schneller!», trieb ihn eine innere Stimme an.

Er hatte sich am Hals verletzt, und aus der Wunde tropfte Blut. Es war der Geruch seines Blutes, der dieses Etwas angelockt hatte. Hinter sich hörte er es hecheln und schnaufen.

Wenn er nur die Blutung stillen könnte! Aber dazu müsste er stehen bleiben, und das durfte er unter keinen Umständen.

Während Anton rannte, fiel es ihm plötzlich wieder ein, dass er schon einmal durch diese Landschaft gelaufen war, in der es keine Straßen und Wege gab, keine Spuren menschlicher Behausungen. Es war im Traum gewesen! Und diesen Traum hatte er gehabt, nachdem der kleine Vampir zum ersten Mal an sein Fenster geklopft hatte.

Auch damals hatte sich ein grässliches Etwas an seine Fersen geheftet und ihm seinen heißen Atem in den Nacken geblasen. Völlig entkräftet war er schließlich zu Boden gestürzt, hilflos seinem Verfolger ausgeliefert. Aber in Antons Traum war es niemand anders als der kleine Vampir selbst gewesen, der hinter ihm hergerannt war – und nur, weil er ihm die Geschichte vom neuen Friedhofswärter erzählen wollte!

Mit einem Mal war Antons Angst verflogen. Auch dies

war ein Traum, begriff er. Und aus einem Traum konnte man aufwachen, wenn man es nur fest genug wollte! Jetzt konzentrierte er sich darauf, wach zu werden. Die Landschaft um ihn herum wurde immer blasser, immer undeutlicher – und dann schlug Anton die Augen auf.

Und wirklich sah er den kleinen Vampir.

«Rüdiger!», sagte er mit tonloser Stimme.

Antons Hals war völlig ausgedörrt. Obendrein hatte er einen bohrenden Kopfschmerz, und das Licht der Deckenlampe tat ihm in den Augen weh. Ein schrecklicher Verdacht tauchte in ihm auf: Waren die Kopfschmerzen, der trockene Hals und die Lichtempfindlichkeit bereits die Anzeichen dafür, dass er sich in einen Vampir verwandelte?

Aber Anna hatte über Giselher gesagt, durch Dorothees Biss allein könne er kein Vampir werden, fiel ihm ein. Wem sollte er also glauben? Olga, die gesagt hatte: «Du wirst dich in einen Vampir verwandeln, und gemeinsam werden wir durch die Welt ziehen»? Oder Anna, die versichert hatte, zum Vampirwerden gehöre mehr als nur der Biss eines Vampirs?

Natürlich wollte er Anna glauben! Aber vielleicht hatte sie ihm aus eigennützigen Gründen nicht die volle Wahrheit gesagt? Immerhin war es Annas größter Wunsch, dass er, Anton, Vampir wurde ... Nein!, wies er diesen Gedanken entschieden von sich. Eigennützig war nur eine: Olga!

Die ganze Zeit, während Anton diese Überlegungen durch den Kopf gingen, hatte der kleine Vampir stumm neben Olga gestanden, mit dem zerbeulten Zylinder auf dem Kopf. Er hatte Anton nicht begrüßt, er hatte nicht gelächelt, ja, er hatte ihm noch nicht mal zugenickt. Stattdessen hing sein Blick an Antons Hals – an den beiden Bissstellen dort ...

Anton erschauerte bis ins Mark. Er hatte schon immer gewusst, dass der kleine Vampir zwei sehr unterschiedliche Persönlichkeiten in sich vereinigte. Auf der einen Seite war er Antons Freund. Auf der anderen Seite war er eine Kreatur der Nacht, die sich beim Anblick von Blut in ein Raubtier verwandelte – und das nicht, weil er es so wollte, sondern weil er keine Wahl hatte.

Und dieser Rüdiger, der sich jetzt gierig mit der Zunge über die Lippen leckte, wirkte nicht wie sein Freund, dachte Anton.

«He, worauf wartest du noch, Rüdiger?», zischte Olga.

Der kleine Vampir rührte sich nicht.

«Du willst doch nicht etwa bei Anton –?» Olga stieß dem kleinen Vampir ihren Ellenbogen in die Seite.

Rüdiger zuckte zusammen und gab einen gurgelnden Laut von sich.

«Anton Bohnsack gehört mir!», stellte Olga klar. «Ich hab ihn zum Vampir gemacht, und ich bin seine Meisterin. Und das bedeutet, ich kann mit ihm anstellen, was *ich* will!»

«Noch ist er aber kein ... Vampir», entgegnete der kleine Vampir mit einer merkwürdig gepresst klingenden Stimme.

«Genau!», sagte Anton erleichtert. «Durch einen Vampirbiss wird noch keiner zum Vampir. Das hat Anna mir erklärt.»

«Anna, Anna!», geiferte Olga. «Ist mir doch egal, was diese eingebildete Gans behauptet. Die hat ja keine Ahnung.»

«Aber in diesem Fall hat sie recht. Anton wird erst nach der Letzten Verwandlung zum Vampir», sagte Rüdiger und blickte Anton zum ersten Mal direkt in die Augen.

Ja, nun erschien sogar der Anflug eines Lächelns auf seinem Gesicht. Doch gleich darauf verschwand das Lächeln wieder.

Anton kam es so vor, als würden die zwei Persönlichkeiten des kleinen Vampirs einen Machtkampf miteinander ausfechten: Rüdiger, sein Freund, kämpfte offenbar mit Rüdiger, der Kreatur der Nacht.

Olga verdrehte die Augen. «Deswegen hab ich dich ja geholt! Du sollst mir helfen, Anton in den Tanzsaal zu schaffen, bevor Elisabeth die Naschhafte das Schwert Mjerkur in Tante Dorothees und Giselhers Hochzeitssarg gelegt und den Deckel geschlossen hat. Wenn das Schwert erst mal im Hochzeitssarg ist, kann man es nicht so einfach wieder rausholen. Das weiß ich von Elisabeth der Naschhaften persönlich. Also beeil dich, Rüdiger. Du nimmst seinen rechten Arm und ich seinen linken!»

Der kleine Vampir rührte sich auch jetzt nicht. Er und Anton hielten noch immer Blickkontakt. Und irgendetwas in Anton sagte ihm, dass dies seine einzige Chance war: Die Verbindung zu seinem *Freund* Rüdiger aufrechtzuerhalten und nicht zuzulassen, dass die *Kreatur der Nacht* die Oberhand gewann!

«Soll ich Anton etwa ganz allein in den Tanzsaal schaffen?», zischte Olga.

«Nein», sagte der kleine Vampir.

«Dann fass mit an!»

«Nein», sagte der kleine Vampir noch einmal.

Wütend stampfte Olga mit dem Fuß auf. «Ich muss wohl alles allein machen! Aber warte, das wirst du noch bereuen!»

Sie lief zu Anton und packte seinen linken Arm. Anton

machte sich so schwer wie er nur konnte. Dabei ließ er den kleinen Vampir nicht eine Sekunde lang aus den Augen.

«Puh, der ist ja schwerer als ein Sack voll Bohnen!», schimpfte Olga. Sie strengte sich allerdings auch nicht sonderlich an. Wahrscheinlich fand sie es unter ihrer Würde, Anton vom Boden hochzuziehen. «Bei Dracula, nun komm endlich, Rüdiger! Pack mit an!»

Doch der kleine Vampir reagierte nicht.

Olga richtete sich auf und warf ihren Kopf in den Nacken.

«Na schön», sagte sie. «Du *darfst* ihn anbeißen. Aber nur ein kleines Bisschen, verstanden?»

Der kleine Vampir schüttelte den Kopf.

Olga schnappte nach Luft. «Du willst ihn gar nicht beißen?»

«Nein», sagte der kleine Vampir zum dritten Mal. «Und ich werde dir auch nicht helfen, ihn in den Tanzsaal zu bringen. Anton ist mein Freund.»

Für einen Moment war Olga zu überrascht, um etwas zu sagen. Aber dann schrie sie den kleinen Vampir mit sich überschlagender Stimme an: «Hast du völlig vergessen, wer du bist, Rüdiger von Schlotterstein: ein Vampir! Und Vampire haben keine Freunde!»

«Das dachte ich früher auch.» Der kleine Vampir räusperte sich. «Aber jetzt weiß ich es besser.»

«Was weißt du besser?»

«Ich weiß jetzt, dass sogar ich einen Freund haben kann», sagte der kleine Vampir mit einem verlegenen Lächeln. «Jedenfalls, wenn es ein Freund wie Anton ist.»

«So ein Blödsinn!», kreischte Olga. «So ein idiotischer

Blödsinn kann auch nur dir einfallen! Soll ich dir mal sagen, was du bist?»

Mit funkelnden Augen starrte sie den kleinen Vampir an.

Unsicher blickte Rüdiger zwischen Olga und Anton hin und her. «Was?», fragte er dann.

«Du bist ein Verlierer! Ein Jammerlappen. Eine Witzfigur», schleuderte sie ihm an den Kopf. «Und nicht nur das: Du bist eine Schande für die ganze Sippe, jawohl!»

Anton wollte protestieren, presste aber gerade noch rechtzeitig die Lippen zusammen. Es war bestimmt keine gute Idee, sich in den Streit der beiden einzumischen.

Der kleine Vampir war kreidebleich geworden. «Das meinst du doch nicht im Ernst, oder?», sagte er zu Olga.

«Und ob ich das im Ernst meine!» Sie ballte ihre Fäuste. «Du bist der erbärmlichste Vampir, der mir jemals in die Quere gekommen ist. Du bist eine Null, ein Niemand, ein Nichts!»

Mit weitaufgerissenem Mund stand der kleine Vampir da.

«Ach, und jetzt willst du wohl Fliegen fangen!», spottete Olga. «Willst abwarten, bis sie dir von selbst in den Mund fliegen, wie? Wirklich, sehr passend! Für einen Versager wie dich sind Fliegen und Spinnen und Wanzen genau die richtige Ernährung. Puh, mir wird schon schlecht, wenn ich dich nur angucke!»

Sie drehte sich um und lief zur Tür.

«Olga ...», stammelte der kleine Vampir und folgte ihr. Der Zylinder fiel ihm vom Kopf, aber er achtete nicht darauf.

Dann schlug die Tür hinter den beiden zu. Anton atmete

tief durch. Seiner Meinung nach war der kleine Vampir alles andere als ein Versager: Mutig und entschlossen hatte er sich Olga entgegengestellt und damit ihn, Anton, vor der Letzten Verwandlung bewahrt!

Gierhals und Nimmersatt

Anton wollte aufstehen. Aber er hatte überhaupt keine Kraft in den Beinen, und immer wieder sank er auf den Kleiderhaufen zurück. Sein Blick wanderte zur Tür. Der Streit mit Rüdiger musste Olga sehr erregt haben, denn sie hatte den Schlüssel stecken lassen. Vielleicht sollte er versuchen, zur Tür zu kriechen und den Schlüssel von innen im Schloss herumzudrehen?

Im Tanzsaal schien es immer wilder und chaotischer zuzugehen, und der Lärm kam ihm mit jeder Minute bedrohlicher vor. Auf einmal näherten sich polternde Schritte, und eine Männerstimme schnaubte: «Und du glaubst, ich guck tatenlos zu, wie du den Nektar der Letzten Verwandlung vor meiner Nase wegsäufst? Du hältst mich wohl für einen totalen Idioten, wie?»

Anton gelang es gerade noch, ein paar Kleidungsstücke über sich zu raffen. Dann wurde die Tür aufgestoßen. Er spähte zwischen den Kleidungsstücken hindurch und sah zwei Vampire: einen untersetzten, bulligen mit Glatze und einen hochaufgeschossenen mit einer schwarzen Perücke. Das mussten Jörg der Aufbrausende und Lumpi sein.

Jetzt gab Jörg Lumpi einen Fußtritt.

«Au! Du tust mir ja weh!», beschwerte sich Lumpi, als er in den Raum stolperte. Nur wenige Schritte von Anton entfernt fiel er in einen Kleiderhaufen.

«So!», rief Jörg der Aufbrausende befriedigt von der Tür aus. «Da kannst du liegen bleiben, bis du schwarz wirst! Nein, von mir aus kannst du sonnengelb werden, du alter Gierhals!»

Er zog den Schlüssel aus dem Schloss. Mit schadenfrohem Gelächter knallte er die Tür zu und schloss von außen ab.

Antons Herz klopfte zum Zerspringen. Nicht nur, dass er jetzt in der Kleiderkammer eingesperrt war, zu der Jörg der Aufbrausende den Schlüssel hatte ... obendrein war er auch noch mit einem vermutlich äußerst wütenden Lumpi konfrontiert! Und er ahnte schon, woran Lumpi als Erstes denken würde. Bei dieser Vorstellung begann es in den beiden Bissstellen an seinem Hals zu pochen.

Und dann, ehe Anton wusste, wie ihm geschah, fand er sich an einer langen Tafel wieder, auf der in hohen silbernen Leuchtern schwarze Kerzen brannten. Sechs erwachsene Vampire und vier Vampirkinder waren um die Tafel herum versammelt. Nein, fünf Vampirkinder!, denn er selbst gehörte ja nun auch dazu. Alle Vampire lächelten ihm zu – soweit man die Grimassen, die sie schnitten, als Lächeln bezeichnen konnte.

Sabine die Schreckliche, die am Kopfende der Tafel thronte, zeigte ihm ihre Vampirzähne und wackelte mit dem Kopf, Wilhelm der Wüste zu ihrer Rechten schielte ihn durch sein Monokel wohlwollend an und murmelte etwas, das Anton nicht verstehen konnte, Ludwig der Fürchterliche zu Sabines

Linken zwirbelte seinen Bart und knackte mit seinen Vampirzähnen, Hildegard die Durstige fletschte ihr Gebiss zu einem «mütterlichen» Grinsen, Tante Dorothee neben ihr hatte noch immer ihr verliebtes Brautlächeln auf den Lippen, während sie die Hand von Giselher dem Geschmeidigen tätschelte, der sich neben ihr an der Tafel niedergelassen hatte.

Und auch Lumpi lächelte, ebenso Rüdiger, Anna – und Olga, die an Antons Seite saß.

«Willkommen in der Familie von Schlotterstein», erhob Sabine die Schreckliche nun feierlich ihre Stimme. «Wir haben heute Nacht die große Freude, nicht nur *einen* neuen Mitbruder bei uns aufzunehmen, nein! Zwei neue Mitbrüder werden in unsere Reihen treten: Giselher der Geschmeidige und –»

«He, du da!», krächzte auf einmal eine Stimme neben Anton, und er fühlte, wie jemand die Kleidungsstücke durchwühlte, unter denen er lag. «Wieso versteckst du dich? Hast du etwa auch Krach mit Jörg?»

Plötzlich begriff Anton, dass er gar nicht in der Gruft Schlotterstein war, um dort als zweiter neuer Mitbruder in die Sippe derer von Schlotterstein aufgenommen zu werden. Nein, er war in der Kleiderkammer – und zwar mit Lumpi.

Anton kam unter den Kleidungsstücken hervor. «Olga hat mich hierhergebracht», sagte er.

Lumpi klatschte in die Hände. «Na, das nenn ich aber eine freudige Überraschung: Anton Bohnsack!»

Seine Haut wirkte unnatürlich gerötet. Aber noch röter waren Lumpis Lippen. Bei dieser Beobachtung atmete Anton erleichtert auf – trotz des Modergeruchs, den Lumpi verströmte.

«Und warum liegst du hier unter all den Klamotten?», wollte Lumpi wissen.

Anton räusperte sich. «Olga, sie … sie hat mich … gebissen.»

«Was?», schrie Lumpi auf. «Olga hat bei dir –?» Er sprach nicht weiter. Mit weitaufgesperrtem Mund näherte er sich Antons Hals. Anton fürchtete schon, zum zweiten Mal gebissen zu werden … da zog Lumpi seinen Kopf wieder zurück und sagte mit heiserer Stimme: «Zu schade, aber ich hab mir heute Abend total den Magen überdehnt. Dieser Nektar der Letzten Verwandlung … das ist bei Dracula ein einzigartiger Tropfen! Den importieren wir direkt aus unserem Heimatland, musst du wissen.»

«Aus Transsylvanien?», fragte Anton – froh, dass sich Lumpi nicht mehr für seine Bissstellen zu interessieren schien.

«Ja, per Flugvampir.» Lumpi schmatzte ein paarmal laut. «Aber Jörg der Aufbrausende, dieser Nimmersatt, hat mir mal wieder nichts gegönnt. Typisch! Da hab ich den Goldenen Pokal schnell an meine Lippen gesetzt und alles – schlurp!! – in *meine* durstige Kehle gegossen. Das hat dem alten Gierhals natürlich nicht gepasst», fügte er hinzu und blickte missfällig zur Tür. «Ha, mit Jörg bin ich fertig. Was der sich unter Freundschaft vorstellt … Knechtschaft ist das!»

Riesenkräfte

«Jörg der Aufbrausende hat die Tür abgeschlossen und den Schlüssel eingesteckt», berichtete Anton, der sich nicht sicher war, ob Lumpi das mitbekommen hatte.

«So, hat er das?» Lumpi grinste. «Er müsste eigentlich wissen, dass es für Lumpi den Starken keine versperrten Türen und Fenster gibt.»

Federnd sprang er auf die Füße. Er wartete, bis der Lärm im Tanzsaal zu einem neuerlichen Höhepunkt gekommen war – dann rannte er los und warf sich gegen die Tür. Es krachte, und die Tür lag auf der anderen Seite.

«Na, was sagst du nun, Anton Bohnsack?», fragte er.

Anton hatte sich instinktiv wieder unter dem Kleiderhaufen verkrochen.

Jetzt steckte er vorsichtig den Kopf heraus.

«Äh … toll», sagte er mit belegter Stimme.

«Ist das alles?», knurrte Lumpi. «Ich brech mir deinetwegen fast die Knochen, und du hast nicht mehr zu sagen als: toll?»

«Es war irre», erklärte Anton hastig. «Phänomenal, gigantisch, sensationell!»

«Das gefällt mir schon besser», sagte Lumpi geschmeichelt. «Ja, in mir schlummern Riesenkräfte, gewaltig und ungezähmt wie das wilde Meer. Und wehe dem, der sie herausfordert!», fügte er hinzu und schüttelte seine Fäuste in Richtung Tanzsaal. «Bist du bereit, Anton?», fragte er dann.

«Bereit?», wiederholte Anton. «Und wozu?»

«Zu einer Kostprobe meiner Riesenkräfte!»

«Hm ... Kommt drauf an, was du damit meinst.»

Lumpi presste Daumen und Zeigefinger aufeinander. «Denkst du, ich will dich zerquetschen wie eine Mücke?», fragte er und sah Anton lauernd an.

Obwohl es Anton eiskalt überlief, antwortete er: «Natürlich nicht!»

«Warum sollte ich auch?», sagte Lumpi leutselig. «Nein, ich will dir nur meine phänomenalen, gigantischen, sensationellen Kräfte zur Verfügung stellen, damit du rechtzeitig in den Tanzsaal zu deiner Letzten Verwandlung kommst!»

Anton erbleichte. «Ich ... ich will überhaupt nicht zu meiner Letzten Verwandlung», stotterte er.

Lumpi war so verdutzt, dass er die Perücke abnahm und sich durch sein feuchtes, völlig verfilztes Haar fuhr. «Nicht? Aber du bist doch jetzt unser neuer Mitbruder!»

«Bin ich nicht!» Anton atmete tief durch. «Ein Mensch kann nur dann Vampir werden, wenn er es selber will, stimmt's?»

«Sicher», sagte Lumpi. «Aber jeder will doch Vampir werden. Zumindest jeder, den ich kenne.»

«Das kann nicht ganz stimmen.» Anton versuchte seiner Stimme einen festen, unerschrockenen Klang zu geben. «Mich kennst du – aber ich will *kein* Vampir werden!»

Lumpi schlug sich klatschend auf die Oberschenkel. «Du willst kein Vampir werden, Anton Bohnsack?» Ein Lachanfall schüttelte ihn.

«Nein!», bestätigte Anton.

«Und warum nicht in Dreiteufelsnamen?» Lumpi lachte noch immer. «Vampir zu werden ist doch das Größte, was dir jemals passieren kann: ewiges Leben, fliegen können, keine

Schule, keine Hausaufgaben, keine Zeugnisse … und auch keine Eltern, die hinter dir herschnüffeln! Niemals arbeiten! Frei und unabhängig sein, dein eigener Herr und Meister! Respektiert und gefürchtet sein, ja, sogar verhasst … Reizt dich das denn gar nicht?»

«Doch, es reizt mich», gab Anton zu. «Aber es überzeugt mich nicht; jedenfalls nicht genug, um mein Menschsein für immer aufzugeben.» – «Und ich finde, dass gerade unsere Unterschiedlichkeit das Besondere ist», ergänzte er nach einer Pause.

Anton wusste nicht, ob Lumpi verstehen würde, was er damit ausdrücken wollte. Aber einen Versuch war es wert, fand er.

Lumpi dachte nach, indem er seine Stirn in Falten legte. Plötzlich stieß er ein wieherndes Gelächter aus. «Du hast völlig recht, Anton Bohnsack! Wenn du *kein* Vampir wirst, behältst du ja dein leckeres Blut! Und wann immer ich einen gewissen … äh … Nahrungsengpass hab, bist du zur Stelle, um mir auszuhelfen! Ein spitzenmäßiger Plan! Ein tausendmal besserer Plan, als wenn du auch Vampir wirst und uns nachts die Liebespaare und die Mondgucker wegschnappst, haha!»

«Eben!», sagte Anton. «Bringst du mich jetzt nach Hause?»

«Du willst schon gehen?», brummte Lumpi. «Wollen wir nicht noch Leute erschrecken oder so?»

«Heute nicht. Ich wäre dir wirklich sehr dankbar, wenn du mich jetzt mit deinen phänomenalen, sensationellen, gigantischen Riesenkräften nach Hause bringen würdest.»

«Da du mich so nett fragst, kann ich selbstverständlich nicht nein sagen», kicherte Lumpi.

Anton fiel ein Stein vom Herzen.

Der Lärm aus dem Tanzsaal schwoll aufs Neue an.

«Mir reicht es auch langsam mit all dem Geheule und Gekreische», sagte Lumpi. «Ich glaub, ich seh mal nach, was meine Männergruppe macht. Und ohne Jörg den Aufbrausenden könnte es bei uns richtig gemütlich werden.»

Anton versuchte aufzustehen. Doch seine Beine trugen ihn noch immer nicht, und er fiel auf den Kleiderhaufen zurück.

Lumpi grinste. «Olga hat anscheinend ganz schön zugelangt bei dir. Aber wer kann ihr das verübeln. Ich selbst hätte es nicht anders gemacht, hihi – so frisch und knackig, wie du bist!!»

Ziemlich unsanft zog er Anton auf die Füße. Danach legte er seinen Arm um Antons Taille und führte ihn aus der Kleiderkammer.

Aus dem Tanzsaal hörte Anton lautes Lachen, grölenden Gesang und Klaviermusik – allerdings nicht mehr die süßen Walzerklänge von früher, sondern etwas, das wie Boogie-Woogie klang.

Eigentlich müsste er sich von Anna und Rüdiger verabschieden!, fiel ihm ein. Aber dann war er doch erleichtert, als die Tür zum Tanzsaal geschlossen blieb und sie ohne Zwischenfall den Umkleideraum mit dem offenen Fenster erreichten.

«Kannst du fliegen?», fragte Lumpi.

Anton bewegte die Arme unter dem Umhang. Er schwebte – aber nur, um gleich danach wieder auf den Boden zu sinken.

«Ich glaub nicht», sagte er kleinlaut.

Lumpi hatte ihn amüsiert beobachtet. «Sieht ganz so aus,

als müsste der gute alte Lumpi dich nach Hause tragen! Was meinst du: Wollen wir wieder Hucke-Vampir fliegen? Hat doch Spaß gemacht, damals in Transsylvanien.»

«Ja.» Anton räusperte sich. «Solange du mich zum Schluss nicht einfach abwirfst wie beim letzten Mal.»

«Ich soll dich abgeworfen haben?» Lumpi schnaufte entrüstet. «Das würde mir niemals einfallen! Ganz sanft und vorsichtig, wie es meiner Natur entspricht, hab ich dich ins Gras gesetzt.»

«Du musst es ja wissen», sagte Anton, der keinen Streit wollte – vor allem nicht in einer Situation wie dieser, in der er Lumpis Hilfe brauchte.

Und so stieg er auf Lumpis Rücken, legte seine Arme um Lumpis Hals und seine Beine um Lumpis Hüften.

«Auf geht's!», rief Lumpi und schwang sich in die Nacht hinaus.

Anton schloss die Augen und konzentrierte sich darauf, nicht loszulassen. Der Wind griff unter den Vampirumhang, den er trug, seine Arme und Beine fühlten sich mit jeder Minute steifer und müder an … aber er hielt durch!

In seinem Zimmer angekommen, ließ Lumpi ihn in sein eigenes weiches Bett plumpsen.

«Na, hab ich zu viel versprochen?», sagte er. «Das war doch jetzt *sehr* sanft und vorsichtig. Musst du zugeben.»

«Ja.» Anton horchte.

Aber alles war ruhig. Offenbar schlief sein Vater noch immer tief und fest wie ein Murmeltier.

Er spürte, wie auch ihn die Müdigkeit überwältigte.

«Erhol dich gut», sagte Lumpi. «Und auf bald, hihi!»

Anton sah noch, wie Lumpi zum Fenster hinausflog. Dann fielen ihm die Augen zu, und er schlief.

Ferndiagnose

Irgendwann in der Nacht wachte Anton auf, weil er fürchterlichen Durst hatte.

Schlaftrunken tappte er in die Küche und schenkte sich ein großes Glas Milch ein. Die Milch schmeckte anders als sonst, irgendwie fade und schal. Aber zumindest löschte sie seinen Durst.

Als er das leere Glas in die Spüle stellte, wurde ihm plötzlich bewusst, dass er noch immer sein Vampirkostüm trug – und sein Make-up!

Er ging ins Badezimmer. Zu seinem Schrecken konnte er sich nur undeutlich im Spiegel erkennen. Ob die Schminke in seine Augen geraten war und sie verklebt hatte?, überlegte er.

Nachdem er sich die Augen, das Gesicht und den Hals gewaschen hatte, kehrte er in sein Zimmer zurück. Er versteckte den Vampirumhang im Schrank, zog seinen Pyjama an und stieg wieder ins Bett.

«Anton! Willst du heute gar nicht zur Schule gehen?» Das war die Stimme seines Vaters.

«Wie spät ist es denn?»

Durch die offenen Vorhänge fiel unangenehm grelles, stechendes Tageslicht ins Zimmer.

«Viertel nach sieben.»

«Viertel nach sieben ...» Falls Anton rechtzeitig in der Schule sein wollte, würde er hinfliegen müssen!

«Ich war schon zweimal bei dir im Zimmer», sagte sein Vater. «Aber ich konnte dich einfach nicht wach kriegen. Ich weiß nicht, wie Mutti jeden Morgen dieses Kunststück fertigbringt. Bestimmt hast du gestern noch stundenlang im Bett gelesen, oder?»

«Gelesen?»

«Ja. In deinen Vampir-Schmökern!»

Bei dem Stichwort «Vampir» kam mit einem Schlag Antons Erinnerung an die vergangene Nacht zurück, und er spürte einen heftigen Schmerz in den beiden Bissstellen an seinem Hals.

Besorgt tastete er danach. Aber das hätte er lieber nicht tun sollen; denn prompt fragte sein Vater: «Was hast du da am Hals, Anton?»

«Nichts», behauptete er.

«Doch. Lass mal sehen.» Antons Vater setzte sich auf die Bettkante und begann Antons Hals zu untersuchen.

«Sieht aus wie zwei Mückenstiche», meinte er.

«Mückenstiche?» Anton versuchte den Kragen seiner Pyjamajacke über die Bissstellen zu ziehen, die unter den neugierigen Blicken seines Vaters wie Feuer brannten. Aber wenigstens war es nicht seine Mutter, die die Bissstellen entdeckt hatte!, dachte er. Sie hätte sofort die einzig richtige Schlussfolgerung gezogen.

«Ja, wie zwei *riesengroße* Mückenstiche», sagte sein Vater. «Warte, ich bring dir einen Spiegel. Dann kannst du selbst sehen, wie groß die Stiche sind.»

Er verschwand im Flur und kam mit dem Handspiegel zurück. «Hier!», sagte er und reichte Anton den Spiegel.

Anton schaute hinein und erstarrte. Es war, als würde er in eine vom Wind aufgewühlte Wasseroberfläche blicken: Sein Spiegelbild schien mal hierhin, mal dorthin zu fließen, schien sich aufzulösen und wieder neu zusammenzusetzen – als hätte sein Kopf keine festen Umrisse mehr. Es war so ungefähr das Gruseligste, was Anton jemals gesehen hatte.

«Findest du nicht auch, dass die Stiche ungewöhnlich groß sind?», hörte er seinen Vater sagen.

«Hm, ja», murmelte Anton, obwohl er die beiden Bissstellen an seinem Hals kaum erkennen konnte. Er kniff die Augen zusammen, drehte den Kopf hin und her – aber der Spiegel reflektierte sein Bild nicht in derselben Art und Weise wie früher. Angst packte ihn. Was mochte es bedeuten, kein richtiges Spiegelbild mehr zu haben?

Sein Vater hatte ihn beobachtet. Jetzt fragte er: «Geht es dir nicht gut? Du bist schneeweiß geworden.»

«Ich?»

«Ja. Du solltest auf jeden Fall Fieber messen. Mücken können Krankheiten übertragen.»

«Mücken übertragen Krankheiten?»

«Ja!»

Während Anton mit dem Fieberthermometer unter der Zunge dalag, las ihm sein Vater aus dem Gesundheitslexikon vor: «Die Mücke … Sie besitzt in ihrem Speichel ein Gift, das sie durch ihren Rüssel in die Haut spritzt, bevor sie Blut saugt. Das Gift verhindert die Gerinnung des Blutes und sorgt auf diese Weise dafür, dass die Mücke mehr Blut saugen kann. Manche Menschen reagieren nun allergisch auf das Mückengift, mit Nesselsucht, großflächiger Rötung, Schwellung, Fieber, Erbrechen bis hin zum Kollaps … nicht gerade einladend, wie?», sagte er, an seinen Sohn gerichtet.

Anton brummte etwas Unverständliches.

«Bislang gelten die in den europäischen Ländern vorkommenden Mücken allerdings nicht als Krankheitsüberträger …» Antons Vater machte eine Pause und lachte verlegen. «So gefährlich, wie ich dachte, sind sie anscheinend doch nicht.»

«Es wurde aber festgestellt, dass bestimmte Mückenarten, die Krankheiten übertragen, damit begonnen haben, nach Norden zu ziehen», las er weiter vor. «Tigermücken zum Beispiel wurden bereits in Norditalien und im Süden der USA gesichtet.»

Er schlug das Lexikon zu. «Nun zeig mir doch mal das Thermometer!»

Anton zog das Thermometer unter seiner Zunge hervor. Wie sich herausstellte, hatte er kein Fieber. Seine Temperatur lag sogar unter den normalen Werten. Doch das beruhigte ihn keineswegs, im Gegenteil. War es denkbar, dass seine inneren Organe schon anfingen … abzusterben? Er musste an Giselher denken – und wie sich sein Gesicht vor aller Augen in einen Totenschädel verwandelt hatte …

Auf einmal fühlte Anton sich sterbenskrank.

«Kannst du nicht zu Hause bleiben?», sagte er zu seinem Vater. «Bitte!»

Sein Vater schüttelte den Kopf. «Leider nicht. Aber ich ruf im Schulbüro an und sag, dass du krank bist. Du musst dir dann die Zeit vertreiben, bis ich nach Hause komme. Ich werd versuchen, früher Feierabend zu machen. – Und wir müssen deine Mückenstiche auch noch desinfizieren», sagte er.

«Was meinst du mit desinfizieren?», fragte Anton misstrauisch.

«Eine Salbe auftragen, damit sich die Stiche nicht entzünden.» Antons Vater verließ das Zimmer. Als er nach zehn Minuten zurückkam, hielt er ein kleines braunes Fläschchen in der Hand.

«Ich hab mit Mutti telefoniert», sagte er. «Sie meint, du sollst die Stiche mit Teebaumöl behandeln.»

«Mit Teebaumöl? Brrr!»

Sein Vater schraubte das Fläschchen auf und gab es Anton. «Ich weiß, es riecht nicht gut. Aber Mutti sagt, Teebaumöl ist genau, was du brauchst.»

Vorsichtig rieb Anton etwas Teebaumöl in die beiden Bissstellen – und hätte um ein Haar aufgeschrien. Es brannte, als hätte er siedend heißes Öl hineingegossen.

«Siehst du?», sagte sein Vater. «Es wirkt schon! Mutti weiß

immer die richtige Behandlung, und sei es per Ferndiagnose übers Telefon.»

Anton biss die Zähne zusammen. Langsam ließ der Schmerz nach.

«So, und jetzt wird Frühstück gegessen!», sagte sein Vater.

«Frühstück?» Anton spürte eine Welle von Übelkeit.

«Ja. Du musst unbedingt etwas essen, so blass, wie du bist.»

Kurz darauf brachte ihm sein Vater ein randvoll gefülltes Tablett. Es gab Obst, eine Kanne mit Kakao, eine Schüssel mit Müsli, Joghurt, Mohnbrötchen, Käse und Schinken sowie einen Riegel Schokolade. Aber nichts davon verlockte Anton.

Das bestärkte noch seine Angst, dass er wirklich und wahrhaftig dabei war, sich in einen Vampir zu verwandeln. Hoffnungslosigkeit überkam ihn – das schreckliche Gefühl, von seinen besten Freunden verraten und betrogen worden zu sein. Wie hatte er nur so naiv sein können, Vampiren zu vertrauen?

Ausgerechnet Vampiren ...

«Ich ... ich ess später», sagte er. Mit einiger Selbstüberwindung fügte er hinzu: «Danke fürs Frühstück.»

«Aber schieb das Essen nicht zu lange auf», ermahnte ihn sein Vater.

Doch Anton konnte sich noch nicht mal dazu bringen, einen Apfel oder eine Banane zu essen.

«Wahrscheinlich hab ich nur zu wenig geschlafen», versuchte er sich selbst Mut zu machen.

Als sein Vater gegangen war, zog Anton die Vorhänge zu und kroch unter die Bettdecke. Nun umfing ihn wohlige

Dunkelheit. Zum ersten Mal an diesem Morgen fühlte er sich besser. Er seufzte tief, dann schlief er.

Anton schlief den ganzen Tag. Erst am Abend stand er auf und aß in der Küche etwas von der angeblich so gesunden Hühnersuppe, die sein Vater gekocht hatte. Mit ihren Fettaugen, dem zerkochten Hühnerfleisch und all dem Gemüse, das darin herumschwamm, fand er die Suppe nicht gerade appetitanregend. Aber er schluckte sie, ohne zu klagen, hinunter.

«Ich hab Mutti erzählt, es geht dir schon deutlich besser», sagte sein Vater. «Das stimmt doch?»

Anton nickte.

«Sie hat auch gefragt, ob du möchtest, dass sie ihre Klassenfahrt vorzeitig abbricht und nach Hause kommt. Aber ich hab gesagt, das willst du bestimmt nicht.» Antons Vater sah seinen Sohn prüfend an.

«Von mir aus kann Mutti ruhig noch eine Woche länger bleiben», erklärte Anton.

Sein Vater lachte. «Das will sie garantiert nicht. Ich glaub, sie ist ziemlich bedient von dem schlechten Essen, den unbequemen Betten und den primitiven Waschgelegenheiten.»

«Beeilen muss sie sich jedenfalls nicht», sagte Anton.

Je später seine Mutter zurückkam, desto unverdächtiger würden seine Bissstellen aussehen. In der Zwischenzeit hatte er auch schon einen recht guten Blick auf die Stellen werfen können. Sie waren kreisrund und an den Rändern erhaben. Die Haut in ihrer Mitte – dort, wo Olga ihre Vampirzähne hineingeschlagen hatte – war vollständig zugeheilt, aber rotviolett verfärbt. Bei der Berührung hatte sich die Haut als sehr empfindlich erwiesen. Ja, wenn Anton nur ganz leicht dagegentippte, durchzuckte es ihn wie ein elektrischer Schlag.

Mit großer Erleichterung hatte er außerdem festgestellt, dass er ganz allmählich sein normales Spiegelbild zurückgewann. Es war zwar noch unscharf und eigenartig verwischt, aber es hatte wieder feste Umrisse bekommen und tanzte nicht mehr vor seinen Augen hin und her.

Nach dem Essen ließ ihn sein Vater noch einmal Fieber messen – mit sehr erfreulichem Ergebnis: Antons Temperatur war angestiegen und lag nun im normalen Bereich.

«Dann können wir uns ja einen gemütlichen Abend machen», sagte Antons Vater. «Wenn du willst, gucken wir uns einen Vampirfilm an ... oder wir spielen Karten.»

«Ich lese lieber», sagte Anton.

In seinem Zimmer öffnete er das Fenster. Dann legte er sich mit seinem neuen Buch «Das Geheimnis der schwarzen Gräfin» aufs Bett. Aber bereits nach den ersten drei Seiten schlief er ein.

Resina Rusalka

Auf einmal kitzelte Anton etwas an der Nase. Er fuhr in die Höhe und nieste mehrmals. Nachdem sich der Niesreiz gelegt hatte, sah er eine kleine, vollkommen schwarz gekleidete Gestalt neben seinem Bett stehen. Im ersten Augenblick wusste er nicht, wer das war, weil sie so fremd aussah – aber dann lief er rot an.

«Anna!», sagte er.

Sie war sehr festlich gekleidet: mit einem langen Kleid, langen Handschuhen, altmodischen Schnürstiefeln und einem breitkrempigen Hut, auf dem ein Gesteck aus Federn wippte. Der Hut kam Anton bekannt vor. Hatte nicht Elisabeth die Naschhafte in der Nacht der Letzten Verwandlung einen solchen Hut getragen?

Eine einzelne schwarze Feder hielt Anna in der Hand; wahrscheinlich hatte sie Anton damit unter der Nase gekit-

zelt. Ihm fiel auf, dass sie diesmal nicht nach ihrem transsylvanischen Rosenparfüm duftete. Stattdessen ging ein strenger, muffiger und irgendwie … ja, erwachsener Vampirgeruch von ihr aus. Ob der Geruch von ihrem Kleid kam? Oder vielleicht waren es die Federn?

Seltsam fand er auch, dass Anna nicht lächelte. Sie sah so bezaubernd aus wie immer, aber ihr Gesichtsausdruck war ernst, fast schwermütig.

«Wie geht es dir, Anton?», fragte sie jetzt.

Er schluckte. «Okay, schätze ich.»

«Was dir passiert ist, tut mir so leid», sagte sie. «Olga hätte dich niemals beißen dürfen!»

«Ich war in Ohnmacht gefallen und da –» Anton sprach nicht weiter.

«Vor allem hätte Olga es nicht in der Nacht der Letzten Verwandlung tun dürfen», sagte Anna grimmig. «Wenn ein Mensch in der Nacht der Letzten Verwandlung gebissen wird, verschwinden seine Bissstellen nie.»

«Nie?», wiederholte Anton bestürzt.

«Nein», bestätigte Anna. «Sie können verblassen – falls du die richtige Medizin hast. Aber völlig unsichtbar werden sie nie. Das wusste Olga natürlich – und wahrscheinlich hat sie es deshalb extra gemacht.»

Anton tastete nach den beiden Stellen an seinem Hals. «Meine Mutter hat gesagt, ich soll sie mit Teebaumöl behandeln.»

«Es gibt nur eine Medizin, die hilft.» Anna streifte ihren rechten Handschuh ab. Dann gab sie Anton ein schwarzes Ledersäckchen, das sie in ihrer Handfläche versteckt hatte.

«Was ist das?», fragte er.

«In Transsylvanien wuchs neben unserem Schloss die Fichte Rusalka; sie war mehr als sechshundert Jahre alt», sagte Anna. «Aus ihrem Harz haben meine Vorfahren eine Heilsalbe gewonnen, Resina Rusalka. Vampirjäger aus Hermannstadt haben die Fichte gefällt. Aber meine Vorfahren konnten noch eine kleine Menge von ihrem Harz retten. Resina Rusalka ist die heilkräftigste Medizin, die wir kennen.»

Mit ehrfürchtiger Scheu betrachtete Anton das antik aussehende Ledersäckchen.

«Resina Rusalka ist in dem Säckchen», sagte Anna.

Vorsichtig öffnete Anton die Lederschnüre und entdeckte im Inneren des Säckchens ein erbsengroßes gelbliches Kügelchen.

«Du musst sie auf die Bissstellen streichen», sagte Anna.

Anton zögerte. Es war so wenig Salbe, und sie war so alt und so kostbar … «Kannst du das nicht machen?», bat er.

«Sicher – wenn du es möchtest.» Mit ihrem Zeigefinger verrieb Anna etwa die Hälfte der Heilsalbe auf Antons Bissstellen. Ein aromatischer, waldiger Geruch breitete sich aus. Anton war überrascht, wie angenehm sich die Salbe anfühlte: kühlend und lindernd.

Als Anna fertig war, hielt sie ihm das Kügelchen hin.

«Die andere Hälfte musst du unzerkaut schlucken», sagte sie.

Anton gehorchte. Sogleich durchströmte ihn eine intensive Wärme.

Anna streifte ihren Handschuh wieder über. Dann schaute sie Anton forschend an. Es war, als würde sie auf etwas warten.

Anton räusperte sich. «Ist mit *dir* alles in Ordnung?»

«Ja.» Anna reckte sich und strich ihr Kleid glatt. «Ich bin gekommen, um mich zu verabschieden.»

«Verabschieden?», sagte er betroffen. «Zieht ihr wieder um?»

«Nein. Nur ich», antwortete sie.

Anton spürte sein Herz bis zum Hals schlagen. Irgendwie war dies eine ganz veränderte Anna – nicht mehr die kindliche, verspielte kleine Schwester von Rüdiger. Trotz ihrer geringen Körpergröße kam sie ihm auf einmal wie eine junge Frau vor.

«Elisabeth die Naschhafte hat mich ausgewählt, ihre Nachfolgerin zu werden», sagte Anna nun.

«Und was bedeutet das?»

«Es ist die größte Ehre, die mir widerfahren kann. Dafür hast du doch Verständnis?»

«Ich?»

«Ja. Was du darüber denkst, ist für mich sehr wichtig, Anton.»

Er runzelte die Stirn. «Ist das nicht deine Entscheidung?»

«Schon», gab Anna ihm recht. «Aber falls du dagegen bist, sag ich Elisabeth der Naschhaften, dass ich mir alles nochmal gründlich überlegen muss.»

«Wie könnte ich dagegen sein, wenn es doch eine große Ehre für dich ist», erwiderte Anton.

«Vielleicht möchtest du ja, dass ich hierbleibe, bei dir?» Zum ersten Mal lächelte Anna.

«Das wäre ziemlich egoistisch von mir, findest du nicht?»

«Ja. Aber Liebe ist immer egoistisch.»

Anton lief rot an. Er wandte den Kopf ab und machte sich an seinem Buch zu schaffen.

«Dass du jetzt wegguckst – bedeutet das, du magst mich nicht mehr?», hörte er Anna fragen.

«Nein», antwortete er. «Es bedeutet: Ich wünsch mir für dich genau das, was du dir selbst wünschst.»

Anna stieß einen Seufzer aus. Dann kicherte sie; und diesmal war es ihr altes, vertrautes Kichern.

«Was *ich* mir wünsche, wird ja doch nie in Erfüllung gehen», sagte sie, aber ohne jede Spur von Traurigkeit. «Und ich hab es inzwischen auch akzeptiert», ergänzte sie. «Für mich ist es in Ordnung, dass du *kein* Vampir werden willst. Ich finde, wir haben nicht das Recht, jemand anderem unseren Willen aufzuzwingen – so wie Olga es bei dir versucht hat.» Ein Schatten huschte über ihr Gesicht, und sie ballte die Fäuste. «Aber das hat Olga gebüßt!», sagte sie dann. «Meine Großmutter, Sabine die Schreckliche, hat sie ganz offiziell aus unserer Gruft geworfen und ihr verboten, jemals zurückzukommen.»

«Im Ernst?»

«Ja! Und sogar Rüdiger hat die Nase voll von ihr.»

«Rüdiger? Von Olga?»

«Das hat er. Es hat allerdings geholfen, dass Roderich der Unersättliche wieder aufgetaucht ist und Olga nach Paris mitnehmen wollte. Da ist Rüdiger so eifersüchtig geworden ... du hättest ihn mal erleben müssen! Vor Eifersucht wollte er sich jedes Haar einzeln ausreißen!»

«Tatsächlich?»

«Stimmt überhaupt nicht», knarrte da eine heisere Stimme, und dann segelte der kleine Vampir ins Zimmer.

Bist du etwa traurig?

Der kleine Vampir stellte sich vor Antons Bett auf und machte merkwürdige, ruckende Bewegungen mit dem Kopf. «Seht ihr?», sagte er. «Alle meine Haare sind noch drauf!»

Er musste seinen Kopf in der Zwischenzeit unter den Wasserhahn auf dem Friedhof gehalten haben, denn das Gel war verschwunden. Fettig sahen seine Haare allerdings immer noch aus.

«Ich werd mich niemals mehr für jemanden hübsch machen», verkündete er. «Nicht mehr für Olga, nicht mehr für –» Ein weiterer Name schien ihm auf die Schnelle nicht einzufallen. «Für überhaupt niemanden», sagte er. «In Zukunft richte ich mich nur noch nach mir selbst, jawohl!»

«Eine gesunde Einstellung», bemerkte Anton.

Fast hätte er «Herzlichen Glückwunsch» gesagt. Aber das verkniff er sich lieber. Wer wusste, wie lange Rüdigers Ernüchterung über Olga anhalten würde.

«Dann fliege ich jetzt», hörte er da Anna sagen.

Anton spürte einen Stich. War das der Abschied für immer?, durchzuckte es ihn.

«Aber du kommst mich doch mal besuchen?», sagte er.

Sie lächelte unsicher. «Ich weiß nicht. Ich möchte nichts versprechen, was ich später nicht halten kann.»

«Hast du schon die tollen Neuigkeiten gehört?» Der kleine Vampir lachte heiser. «Anna, *meine* kleine Schwester Anna, wird die Nachfolgerin von Elisabeth der Naschhaften!»

Er machte ein paar ausgelassene Hüpfer.

«He, nicht so laut», sagte Anton. «Die Miesmanns …»

«Lass sie doch meckern», erwiderte der kleine Vampir. «Wenn Anna die Nachfolgerin von Elisabeth der Naschhaften wird, kann *ich* ruhig hüpfen. Ha, in der ganzen weiten Vampirwelt gibt es keine, die so geeignet wäre, die Nachfolgerin von unserem Urururururvampir zu werden, wie meine kleine Schwester Anna!»

«Ich wusste gar nicht, dass du eine so hohe Meinung von mir hast, Rüdiger», sagte Anna mit einem verschämten Lächeln.

«Na ja ...» Der kleine Vampir grinste. «Von nun an ist es besser, sich mit dir gutzustellen, schätze ich.»

Er hatte Antons Buch entdeckt. «Das Geheimnis der schwarzen Gräfin», las er vor. «Kann ich das mal leihen?» Ohne Antons Antwort abzuwarten, ließ er das Buch unter seinem Umhang verschwinden. Aber Anton war mit wichtigeren Dingen beschäftigt und protestierte nicht.

«Mach's gut!», sagte er zu Anna, die auf das Fensterbrett geklettert war. «Und ... und vielen Dank.»

«Wofür?», fragte sie.

«Für alles», antwortete er.

Sie schaute ihn innig an. «Ebenfalls.»

Nach einer Pause fragte sie: «Kann ich dir ... darf ich dir zum Abschied noch einen Kuss geben?»

Anton war zu überrascht und zu verlegen, um zu antworten. An seiner Stelle krächzte der kleine Vampir: «Aber ja doch.»

«Nicht dir!», fauchte Anna.

Sie schwebte ins Zimmer und gab Anton einen Kuss auf die Nasenspitze. Obwohl es nur ein ganz zarter, scheuer Kuss war, wurde Anton über und über rot. Anna schluchzte auf, und er sah, wie ein paar Tränen ihre Wangen hinunterliefen. Dann drehte sie sich um und flog zum Fenster hinaus.

«Die ist weg», kicherte der kleine Vampir. «Nun können wir beide uns einen fröhlichen Abend machen!»

Anton sagte nichts. Er zweifelte, dass er nach dem Abschied von Anna *fröhlich* sein konnte.

«Bist du etwa traurig?», fragte der kleine Vampir.

«Traurig?», wiederholte Anton, um Zeit zu gewinnen.

«Ja, weil Anna die Kurve gekratzt hat, hihi!»

Anton wollte nicht lügen, und so sagte er: «Ich finde es schade, dass Anna nicht mehr da ist. Aber ich freu mich natürlich für sie.»

«Und außerdem bin *ich* ja noch hier!» Wieder machte der kleine Vampir ein paar übermütige Hüpfer. «Und ich war zuallererst dein Freund. Das hast du hoffentlich nicht vergessen, oder?»

«Nein.»

Der kleine Vampir nickte zufrieden. «Anna hat sich auch erst viel später in unsere Freundschaft eingemischt – wie Mädchen das immer tun. Und jetzt, wo sie nicht mehr da ist, können wir, du und ich, uns wieder richtig nahekommen!»

«Hm, ja», sagte Anton gedehnt. «Übrigens, ich schenk dir das Buch.»

«Welches Buch?», tat der kleine Vampir ahnungslos.

«Das, das du unter deinem Umhang hast.» Anton trat an sein Bücherregal und zog *Siebzehn Haarsträubende Vampirgeschichten* sowie *Die blutige Stricknadel* heraus. «Die beiden kannst du auch haben», sagte er.

«Ehrlich?»

«Ja. Als Zeichen unserer Freundschaft.»

«Das ist wirklich freundschaftlich von dir», meinte der kleine Vampir und stopfte die Bücher unter seinen Umhang. «Mal sehen, wie ich mich revanchieren werde.» Er knackte mit den Fingern. «Willst du Annas Schnuller haben?»

«Igitt, nein!», sagte Anton. Anna hatte das scheußliche Gummidings benutzt, damit ihre Vorderzähne kurz und stumpf blieben und ihre Eckzähne – ihre Vampirzähne – lang und spitz wurden.

«Na ja, wenn du *kein* Vampir wirst, brauchst du den Schnuller auch nicht», meinte der kleine Vampir. «Obwohl –» Er schielte Anton aus den Augenwinkeln heraus an. «So ganz verstehen kann ich deine Entscheidung nicht. All die Freiheiten, die du als Vampir hättest, all die Abenteuer, die du erleben würdest ... ist das denn gar nichts, was dich verlockt?»

«Doch.» Antons Stimme klang auf einmal ganz rau. «Aber es verlockt mich nicht genug. Ich meine –» Er suchte nach den richtigen Worten, um auszudrücken, was er empfand. «Ich möchte gern erwachsen werden», sagte er dann. «Und später möchte ich vielleicht mal ... Kinder haben.»

Seine Kehle schnürte sich zusammen, als er daran dachte, dass er soeben Anna, seine erste Liebe, für immer verloren hatte. Aber mit Anna würde er nie Kinder haben können, weil sie auf ewig in dem Körper eines kleinen Mädchens eingesperrt war.

«Und außerdem –» Anton räusperte sich. «Außerdem fühl ich mich irgendwie wohl in meiner Haut, so wie ich bin.»

Er betastete seine Bissstellen und merkte erleichtert, dass die Schwellung zurückgegangen war. Offenbar entfaltete die Resina Rusalka bereits ihre Heilkraft.

Der kleine Vampir musterte ihn stumm. Anscheinend ließ

er Antons Worte auf sich wirken. Ob die Wirkung eine positive oder eine negative war, konnte Anton aber nicht feststellen. Er atmete auf, als sich Rüdigers bleiche Lippen zu einem gutgelaunten Grinsen verzogen.

«Es hat natürlich auch seine Vorteile, wenn du ein Mensch bleibst», sagte der kleine Vampir jetzt. «Das hat mir Lumpi klargemacht. Von wegen Blutbank und so ...»

«Ich werde ganz bestimmt *keine* Blutbank sein», wies Anton dieses Ansinnen zurück. «Nicht für dich, nicht für Lumpi, für niemanden!»

«Schon gut. Sollte auch nur ein Scherz sein – unter Freunden.» Der kleine Vampir blickte zum Fenster. «Dann mach ich mich mal auf meine löchrigen Socken, hihi. Ich hab ja auch noch einiges zu lesen.»

Er klopfte gegen seinen Bauch – dorthin, wo die Bücher waren. «Mit welchem würdest du an meiner Stelle anfangen?»

«Mit der» – *Blutigen Stricknadel* wollte Anton sagen. Aber gerade noch rechtzeitig fielen ihm die Stricknadel und das rosa Wollknäuel ein, die der kleine Vampir zu seinem Geburtstag von Olga bekommen hatte – ein typisches Olga-Geschenk, denn sie hatte nur gewollt, dass Rüdiger damit etwas für sie strickte. «Ich würde mit den *Siebzehn Haarsträubenden Geschichten* anfangen.»

«Also dann ... bis zum nächsten Mal, Anton!»

«Bis zum nächsten Mal», sagte Anton.

Das Verhör

«Bist du schon aufgeregt, weil Mutti heute wiederkommt?», fragte Antons Vater am Samstagmorgen beim Frühstück.

«Nicht richtig.» Anton biss in sein Roggenbrötchen. «Mit uns beiden war es ja auch nicht schlecht.»

«Schön, dass es dir gefallen hat», freute sich sein Vater.

Natürlich war Anton aufgeregt! Am meisten beschäftigte ihn die Frage, wie seine Mutter wohl auf den Anblick der Bissstellen reagieren würde.

Mittlerweile hatte er keine Schwierigkeiten mehr, sich selbst im Spiegel zu betrachten. Und was er dort sah, fand er nicht nur erfreulich: Die Schwellung war vollständig zurückgegangen, aber die Stellen, an denen Olga ihre Zähne in seinen Hals geschlagen hatte, konnte man als runde, von einem dunkelroten Hof umgebene Bissstellen deutlich erkennen. Und wie Mückenstiche sahen sie überhaupt nicht aus; dafür waren sie auch zu groß.

Von nun an würde er immer Rollkragenpullover tragen!, hatte Anton sich vorgenommen.

Am Nachmittag fuhren sie zum Stadtpark; dort sollte der Bus mit Antons Mutter und ihrer Klasse um vierzehn Uhr ankommen. Unterwegs gerieten sie in einen Stau, weil Antons Vater nicht daran gedacht hatte, dass im Fußballstadion ein wichtiges Spiel stattfand.

Als sie den Stadtpark mit einer Dreiviertelstunde Verspätung erreichten, war niemand mehr auf dem Parkplatz, auch Antons Mutter nicht.

Sie hatte sich von einem Elternpaar nach Hause fahren lassen und war dann gleich in die Badewanne gestiegen.

Und so fand Antons Verhör erst beim Kaffeetrinken statt, für das sein Vater Erdbeertorte und Sahnebaisers vom Konditor geholt hatte.

«Warum trägst du eigentlich einen Rollkragenpullover?», wandte sich Antons Mutter ohne lange Umschweife an ihren Sohn.

Natürlich hatte er diese Frage erwartet. Ziemlich gelassen antwortete er: «Ich mag Rollkragen.»

Antons Mutter nahm sich noch ein Stück Erdbeertorte. Unter normalen Umständen hätte sie aus Sorge um ihre «schlanke Linie» keine zwei Stücke gegessen. Aber nach einer Woche im Landschulheim schien sie ein großes Nachholbedürfnis zu haben.

«Hat der Rollkragen etwas mit den Mückenstichen zu tun, von denen Vati mir erzählt hat?»

Da sie ihn sowieso durchschaut hatte, nickte Anton und sagte: «Sie sind aber schon viel besser geworden. Das Teebaumöl hat wirklich geholfen.» ‹Und die Resina Rusalka›, fügte er in Gedanken hinzu.

«Kann ich die Stiche mal sehen?», fragte sie.

«Klar», sagte Anton in gespieltem Gleichmut.

Er rollte den Kragen herunter. Wie er gehofft hatte, blieb seine Mutter auf dem Sofa sitzen und beugte nur den Kopf nach vorn.

Anton schlug das Herz bis zum Hals.

«Komische Mücken», meinte sie.

Anton rollte den Kragen wieder hoch. «Vati glaubt, es waren Tigermücken», sagte er listig.

«Tigermücken?», wiederholte sie und sah Antons Vater fragend an.

Der hatte sich gerade sein drittes Tortenstück auf den Teller gelegt. Nun räusperte er sich.

«Im Gesundheitslexikon steht, dass immer mehr Mückenarten, die Krankheiten übertragen, nach Norden wandern. Und Tigermücken wurden schon in Norditalien und im Süden der USA gesichtet», sagte er.

Antons Mutter zog die Brauen zusammen.

«Von denen hab *ich* noch nie was gehört.» Sie schenkte sich Kaffee und Sahne nach. «Und von Tigermücken bekommt man solche großen Stiche?»

«Ja», sagten Anton und sein Vater wie aus einem Mund.

Nachdenklich rührte sie ihre Tasse um.

Dann sagte sie im Ton der Lehrerin: «Du musst jedenfalls immer dein Fenster zumachen, sobald es dunkel wird, Anton. Damit keine Mücken und keine sonstigen ...» Sie zögerte, ehe sie hinzufügte: «Keine sonstigen zwielichtigen Gestalten hereinkommen!»

«Wird gemacht, Mutti», antwortete er.

Doch als Anton abends allein in seinem Zimmer war, öffnete er das Fenster weit.

«Herzlich willkommen, zwielichtige Gestalten!», rief er in die Nacht hinaus.

Angela Sommer-Bodenburg hat Pädagogik, Soziologie und Psychologie studiert. Sie war 12 Jahre Grundschullehrerin in Hamburg und lebt inzwischen in Silver City, New Mexico, USA, wo sie schreibt und malt. Ihre Erfolgsserie «Der kleine Vampir» wurde in 34 Sprachen übersetzt, zweimal für das Fernsehen verfilmt und kam im Jahr 2000 mit einer internationalen Großproduktion auf die Kinoleinwand. Zudem gibt es ein Musical, Theaterstücke, Kassetten und CDs von «Der kleine Vampir».
Veröffentlichungen (Auswahl):
«Der kleine Vampir», Bd. 1–20, «Der kleine Vampir – Roman zum Film», «Das Biest, das im Regen kam», «Wenn du dich gruseln willst», «Die Moorgeister», «Julia bei den Lebenslichtern», «Schokolowski», «Hanna, Gottes kleiner Engel», «Jeremy Golden und der Meister der Schatten», Gedichtbände.
Besucht auch die Website von Angela Sommer-Bodenburg: www.AngelaSommer-Bodenburg.com

Amelie Glienke: Studium der Malerei und der freien Grafik bei Professor Georg Kiefer, Hochschule der Künste in Berlin; arbeitet als Grafikerin, Zeichnerin und (unter dem Namen HOGLI) als Karikaturistin in Berlin und hat zwei Kinder. Sie illustrierte u. a. Werke von Hanne Schüler und Roald Dahl.